湖州市文学艺术界联合会
湖州市人民政府区域合作交流办公室 编

扶贫路上

fupinlushang

南浔广安东西部扶贫协作产业园
NAN XUN GUANG AN DONG XI BU FU PIN XIE ZUO CHAN YE YUAN

上海文艺出版社

图书在版编目（CIP）数据

扶贫路上 / 湖州市文学艺术界联合会，湖州市人民政府区域合作交流办公室编 . —上海：上海文艺出版社，2021

ISBN 978-7-5321-8024-0

Ⅰ．①扶… Ⅱ．①湖… ②湖… Ⅲ．①纪实文学—中国—当代 Ⅳ．① I25

中国版本图书馆 CIP 数据核字（2021）第 123689 号

责任编辑　李晨绮
特约编辑　长　岛
装帧设计　长　岛

扶贫路上
湖州市文学艺术界联合会　湖州市人民政府区域合作交流办公室　编
上海世纪出版集团
上海文艺出版社出版
200020　上海绍兴路 74 号
上海文艺出版社发行中心发行
200020　上海绍兴路 50 号　www.ewen.co
苏州市越洋印刷有限公司印刷
开本 787×1092　1/16　印张 13.25　插页 4　字数 210,000
2021 年 7 月第 1 版　2021 年 7 月第 1 次印刷
ISBN 978-7-5321-8024-0/I・6358　定价：58.00 元

告读者　如发现本书有质量问题请与印刷厂质量科联系
Ｔ：0512-68180638

目 录
contents

前　言

志同者，不以山海为远！同心者，不以日月为限！

根据党中央、国务院和浙江省委、省政府关于区域协调发展和脱贫工作的决策部署，20世纪90年代初，湖州市开启了对口帮扶工作新征程。对口支援：1993年起结对三峡库区重庆市涪陵区，1995年起结对西藏那曲地区，1997年对口支援新疆和田地区，2010年起结对新疆阿克苏地区柯坪县和兵团阿拉尔市一师三团、青海西州乌兰县。东西部协作：1996年结对四川省南充市仪陇县，2008年帮助四川青川县灾后恢复重建，2013年结对四川甘孜州得荣、乡城、稻城三县，2015年结对凉山州木里县，2018年结对广元市青川县和广安市广安区；2021年5月，实施新一轮东西部协作，结对四川省广安市广安区和阿坝州小金县、汶川县、金川县。山海协作：2002年开始结对省内丽水市缙云县、庆元县。对口合作：2017年起结对吉林省白山市及所属六个区县。据初步统计，自对口帮扶工作开展以来，湖州市累计选派帮扶挂职干部人才五百人次，落实财政帮扶资金约十六亿元。

从江南水乡到巴蜀之地，从太湖之滨到三江之源，从浙北地区到西北边陲，从杭嘉湖平原到雪域高原，从东部沿海到冰天雪地，湖州与对口地区虽远隔千山万水，但人心相通、人情相依、人文相亲。

自2015年实施打赢脱贫攻坚战以来，湖州市深入贯彻习近平总书记关于扶贫工作的重要论述和脱贫攻坚系列重要讲话精神，强化政治站位，扛起责任担当，高标准高质量推进东西部扶贫协作、对口支援、对口合作和山海协作工作；提供了先富帮后富的"湖州方案"，开创了对口帮扶的"湖州模式"，贡献了脱贫攻坚的"湖州力量"。

加大民生帮扶,通过实施项目援建、选派专技人才、强化智力支持等软硬件帮扶双管齐下,着力帮助对口地区解决群众出行难、上学难、看病难、饮水难等长期没有解决的老大难问题。突出产业帮扶,坚持一二三产联动,扎实推进现代农业提升、扶贫产业培育、扶贫工厂(车间)建设三大工程,着力把安吉白茶、湖羊圈养、跑道养鱼、精品果蔬等湖州特色现代种养产业引入对口地区,合作共建东西部扶贫协作产业园、吉浙对口合作示范园和现代农业合作园等产业平台。加强劳务协作,出台就业激励政策,建立健全劳务协作精准对接机制。强化产销对接,推进实施活动展销、商超直销、电商营销、单位购销等消费扶贫行动,提高对口地区农特产品在湖知名度和美誉度。发动全社会共参与,健全完善区县、镇镇、村村、村企、学校、医院和群团组织等多层次全方位的社会结对帮扶关系,积极开展慈善公益、捐资助学、扶弱济困和脱贫挂牌督战等扶贫活动。

通过这一系列努力,湖州已经助推四川省青川县、木里县和青海省乌兰县、新疆自治区柯坪县等四个结对帮扶的国家级贫困县率先实现脱贫摘帽,有效改善了对口地区生产生活条件,极大提高了当地群众生活质量。

2021年2月25日,在全国脱贫攻坚总结表彰大会上,湖州市南浔区委、长兴县低收入农户高水平全面小康工作领导小组办公室、安吉县溪龙乡黄杜村党总支等三个集体和徐育雄、张开荣两名同志分别获得全国脱贫攻坚先进集体和先进个人,受到中共中央、国务院表彰。2018—2020年湖州市东西部扶贫协作工作连续三年获省考核最高等次,十名个人六个集体荣获浙江省东西部扶贫协作奖。

为了让湖州广大干部群众和受援地人民了解湖州在扶贫领域所取得的显著成效,了解广大援派干部人才远离家乡和亲人的无私奉献,湖州市文联、市区域合作办决定联合编辑出版《扶贫路上》一书。这是一部纪实文学作品集,作品形式既有报告文学、长篇通讯,又有诗歌、散文、日记;作者既有专业的文学工作者,又有在扶贫工作一线的援派干部人才。我们希望,以形象生动的文学形式讲述湖州的扶贫故事,展示湖州的扶贫成果。

谨以此书庆祝我国脱贫攻坚战取得全面胜利!向中国共产党百年华诞献礼!

山水相隔情相连

——来自浙江南浔和四川广安的报告

杨静龙

一个人与一群人

1

华蓥山麓，渠江河谷。

元宵节的焰火在浓郁的山岚中渐渐散去。

刚刚从春节欢快气氛中走出来的四百一十九名广安儿女，离开家门，背上行囊，来到武胜县高铁站。

2020年2月27日上午十点十二分，D 4264次"专列"缓缓驶离武胜车站，然后提速，向东疾驰而去。

游云梅坐在动车上，向家乡投去最后一瞥，然后收回目光，和同行的几个人聊了起来。

小游长得年轻俏美。此刻，她的心情也十分"美丽"，领导们的殷殷嘱咐犹在耳畔。在她看来，刚才到车站送别的都是来自四川广安和浙江南浔的"大领导"，这是她生平第一次零距离接触到这么多的大领导，他们的讲话深深地感动了她。

广安市副市长王瑛、市人社局局长刘代忠、广安区委书记文建平、区长刘永明、区委常委陈敦林、区人社局局长张泽平和湖州市南浔区扶贫挂职干部、广安区委常委黄卫军等一行领导这一天早早就来到武胜县高铁站。他们在车站举行了简短而热烈的欢送仪式，把四百一十九名广安儿女送上开往浙江湖州的列车。

这是"广安—湖州"广安务工人员"专列"，是一趟开往春天的特别专列。

四百一十九名广安青年，带去的是川东北父老兄弟的殷切期望，带回来的将是满满的经济收获和脱贫致富技术、创业创新理念……

蜀山西逝，楚水东流，D4264次"专列"一路向东疾驶。车厢里，四百一十九名广安青年的手机开始陆续响起短信的提示声，他们打开手机。短信来自湖州市南浔区人社局"南浔·广安劳务工作站"，表示了热情的欢迎之后，告诉他们到南浔后务工和生活注意事项，告知到达湖州高铁站之后，乘坐几号车辆前往用工单位。从短信里得知，南浔区委区政府准备了几十辆大巴车，到高铁站接他们来了。

小游收到的短信是让她到站后上十八号车。位于南浔善琏镇的浙江丽童家居有限公司这一次招收四十多人，小游是其中之一，十八号车将把他们直接从车站接走。

经过十多个小时的长途跋涉，D4264次"专列"于当晚十点零七分抵达湖州高铁站，湖州市副市长施根宝、市人社局局长王树、南浔区区长温建飞、区委常委、常务副区长方科和区人社局局长石增中、区发改经信局副局长、扶贫工作具体负责人戴晶等领导早已来到高铁站迎接。江南冬夜，寒风一阵阵从站台上刮过，初来乍到的四百一十九名广安儿女却被一种少有的温暖拥抱着。

"大家一下车，看到那么多领导来接我们，都十分感动。天气很冷，我当时穿着羽绒服，但心里感到很温暖……"事隔一年，回想当时情景，小游依然饱含深情地说。

良好的开端就是成功的一半。

"广安来的四十多个员工吃住都在丽童公司，四个人住一个宿舍，早中晚三餐在食堂里免费吃，公司领导还问寒嘘暖，生怕我们生活不习惯。"小游介绍道，"这里的工资收入也高，比我们那儿每年多出两万多元，而且丽童公司还为我们的进步和发展创造空间，把我们这些广安人当成'自家人'。我们当中已经有人成了业务骨干，这在我以前的务工生涯中几乎是没有碰到过的。"

小游来到丽童公司后，先在一线车间里做质检，因为工作出色，不久之后就被提拔为公司的人事专员，成为一名行政管理人员。

现在，小游在和人们讲起丽童公司时，不经意地就会露出这样的口头语："我们丽童人……"看得出来，短短一年多时间，她已经把自己当成"丽童人"了。

小游说："如果要我谈一点感受的话，我的感受就是一句话，我没来错，来对了！"

这并非小游一个人的感觉，她的许多广安老乡都渐渐地把南浔当成了他们的第二故乡。

2

由浙江省人民政府办公厅编发的《浙江政务信息》2020 年第 144 期，全文刊发了南浔区府办《高效稳定就业协作，活血造血助推脱贫——湖州市南浔区强化东西部扶贫劳务协作的主要做法》的报告，常务副省长冯飞在上面做了批示："充分肯定南浔区的做法，特别是将东西部扶贫协作与复工复产结合起来，这对于防止返贫很有针对性。"副省长王文序也做了批示："开展协作技能培训，促进就业扶贫是脱贫攻坚的有效方法，要继续长效推进，深化完善。"

《报告》说："湖州市南浔区积极落实国家战略部署，结对帮扶四川广安区，努力探索劳务扶贫新路子，通过建好'网络阵地、合作基地、产业飞地'，及时破解疫情期间两地用工就业难题，有效加强劳务挖掘培养力度，持续带动贫困人员就地就近就业，打造可活血造血、持续共赢的劳务协作长效机制。2018 年结对至今，已吸收广安区就业人员一千三百二十六人，其中建档立卡人员五百七十五人；累计兑现就业政策资金四百零三点九万元；在浔广安人员平均年收入五点一万元，较来浔前提高三倍左右；依托'产业飞地'，共计带动广安四千三百二十四名建档立卡贫困人口增收。"

关于建立劳务协作"网络阵地"，南浔区的主要做法有三条，每一条都实实在在。

一是创新招聘方式，提升服务覆盖率。大力开展"空中招募"，编制《东西部扶贫劳务协作南浔区网络招聘流程明白纸》，生成"南浔复工招聘码"，广安的求职人员只须通过手机扫描二维码就能进行报名应聘，重点推出南浔四十八家"新象新牛"企业就业需求岗位一千六百五十一个、扶贫岗位四百五十个。

二是注重人岗匹配，提升签约成功率。精准开展"空中联线"，时刻跟踪线上招聘平台数据，及时反馈企业，提高人岗匹配精准度。加强政策宣传和激励引导，在"明白纸"中，直接链接南浔复工复产和稳岗就业扶贫政策，并召集广安区各村书记进行"点对点"入户宣传。

三是强化跟踪服务，提升就业稳定率。为"云招聘"的四百一十九名广安人员开通直达专列，派出专班赴广安带队，提供从组织动员到集中送达的一条龙服务……

在搭建"合作基地"方面，南浔区也有扎实的措施。

第一条，运作实体化劳务协同基地。建立"南浔·广安劳务协作工作站"，南浔工作站建立企业用工信息库，采集一千零五十七家规上工业企业岗位信息五万多条；广安工作站建立人力资源信息库，采集人力资源信息三点六万余条。两地工作站定期交流用工和求职信息，做到"信息完全对称、供需无缝对接"。

第二条，开辟订单院校培训基地。结合南浔"三电一板"产业特色和人才需求，向广安职业技术学院派发"订单式"培养清单，储备相关产业后备人才，毕业后直接安排上岗。对在南浔的广安务工人员，在湖州开设不脱产学历技能"双升班"。

第三条，启用学徒制企业实训基地。以学徒制方式进行实操上岗培训，快速提升技能水平和职业素养。如招聘广安二十名技工人才到沃克斯迅达电梯南浔总部开展基地实训，学成后派回广安项目部工作。动员九十二名广安农村青年到南浔援建的"湖羊入川""跑道鱼"等农业合作项目基地实践学习。

3

南浔区人社局就业管理服务中心主任、南浔·广安劳务协作工作站就业工作负责人张国群曾获湖州市第二届"最美人社人"称号，她的扶贫故事入选人社部扶贫助力全面建设小康社会优秀成果。

从事劳务协作工作三年多来，张国群肚子里装满了广安务工者的故事。

小李来南浔时，刚满十八岁，"匹配"在南浔君澜酒店上班。开始一段时间，工作做得很好，但不久就产生了其他想法，一连好几天都没去上班，酒店把情况汇报给劳务协作工作站。

张国群又着急，又心疼。

"看看他的年龄，跟我女儿差不多大，我只能把他当孩子来看，可是我们和他谈话他一句话都不说，不跟你交流，真让人一点办法也没有……"张国群说，最后不得不和广安区人社局取得联系，找到小李所在村的村书记。

村书记连夜乘高铁从广安赶到南浔，张国群询问村书记是建议小李继续留下来工作，还是回广安，如果留下来，我们就一起继续做他的思想工作……

这事发生在 2018 年，直到现在这位村书记还是心存感谢，说："你们对广安的务工人员就像对待自己亲人一样，我们把年轻人送到南浔来务工，放心！"

小唐高中毕业后到浙江金华务工，2019 年上半年随团和广安务工人员一起来到南浔。小唐这次来南浔，主要抱着先看一看、了解了解情况的心态。南浔的企业和劳务协作工作站的工作人员给他留下了深刻印象，半年之后，他辞去金华的工作，再次来到南浔。

小唐在金华是做电机的，张国群把他推荐到沃克斯迅达电梯南浔总部工作。通过三个月师带徒实践，两个月理论学习加实操，小唐"满师"了。

学到技术后，小唐想回到家乡工作，沃克斯迅达电梯南浔总部认为他年轻肯干，表现突出，就把他派送到广安项目部工作。

张国群感慨地说："小唐终于顺利回到家乡广安，完美地'衔接'上了自己的理想！"

张国群印象最深的还是 2020 年 2 月 27 日那次"广安—湖州"务工人员专列，那是由两地政府组织的规模最大、人数最多的一次劳务协作。

"一下子过来四百一十九人，又是晚上十点多钟，吃住行怎么安排？会不会出现混乱？两地多方对接会不会脱节？这些问题都需要我们事先周密安排……"张国群说。

张国群介绍道："我们调度了二十六辆公交车辆，停靠在湖州高铁站，每辆车都编了号码，有工作人员举牌引导。我们给四百一十九名广安务工人员每人发了两次短信，告诉他们各自乘坐的车辆，并请回复。请他们回复短信是为了便于掌握情况，出现问题能够第一时间解决……"

果然，事情不断发生着变化。虽然每个人事先通过线上线下的招聘应聘，"匹配"到了各自的企业，有的还确定了相关的工种。但几百人在高铁上经过十多个小时的接触交流，不少人有了新的想法。有人想换工种，有人想换企业，也有一些人仅仅因为与同车厢的人聊得来，就要求"匹配"到同一家企业。

信息通过短信汇总到劳务协作工作站，张国群和同事们并没有一点不耐烦，立即着手与相关企业负责人对接，尽量满足他们的要求。

当天深夜，四百一十九名广安务工者陆续乘车抵达企业，吃上了企业特意为他们准备的点心，睡进了热乎乎的被窝。

产业园区平地起，人归家乡心在彼

4

2020 年 8 月，由国务院扶贫办编发的《全国东西部扶贫协作案例选编》一书，选用了署名四川省发改委、扶贫开发局的文章《探索以国有平台引领块状经济转移新路径》，讲述了南浔、广安两地共建东西部扶贫协作产业园的案例。

"案例"从三个方面讲述了产业园区的建设发展过程和主要做法。

一、精准谋划，明确园区发展定位。南浔充分考虑产业布局、市场需求，明确将南浔·广安东西部扶贫协作产业园打造成广安承接产业转移的重要平台和对外开放的全新窗口，重点发展高端装备制造、绿色家居等产业，产业园区占地六百三十亩，计划总投资十八亿元，目前已建成厂房十九点七万平方米，在建十五点五万平方米，建成后可实现年产值二十五亿元，带动一千余人就业。

二、大胆创新，深化项目落地举措。产业园区采取"政府搭台、国企引领、

南浔区在广安建设的东西部协作产业园区（薛景摄）

民企参与、市场运作"的模式，由湖州南浔区城投集团、交投集团、旅投集团、新城集团四家国有企业以"分别取地、整体开发"方式建设，由南浔区、广安区共同出台招商引资政策，实现企业"拎包入住"，同时保证国企工业地产保值增值。目前已建成的四号厂房为沃克斯电梯项目，五号厂房为南洋电机项目，三十号地块为浙江世友木业有限公司投资项目，都采用量身定制的模式共建。

三、培优做强，促进块状经济转移。南浔区鼓励向广安区转移企业腾出空间，壮大总部经济；广安区以土地、用工等要素优势吸引南浔企业转移，加快形成产业集聚效应。两地分别出台引导企业东西部扶贫产业合作优惠政策，形成叠加效应。

5

2018 年年底，南浔城投集团王朱平作为一名扶贫干部来到广安，挂职担任广安国投公司总经理助理，主要负责建设南浔·广安高端装备制造业产业园。

王朱平说："一到广安，我就和大家一起投入前期的规划、征地等对接工作，2019年3月9日，高端装备制造业产业园区正式开工。目前，园区有十五个建筑单体，去掉三个功能性用房，其他十二个单体都是先有企业意向，根据企业用途、特点和企业的意见建造的厂房，企业直接'拎包入住'，进厂就可以投入生产。"

"建一座厂房，从签约到开工建设，我们只用了一百天时间，得到了当地领导和同事们的称赞，说创造了当地纪录，是'浔广速度'……"王朱平说。

"高端装备制造业产业园代表着浙江形象，比一般的产业园区更先进更高端，现在已经成为整个广安新区所有产业园区的总部基地，经常有人来参观考察，几乎成了当地的网红打卡点了，"说到这个园区，王朱平脸上露出自豪的神色，"广安人民为了表示感谢，把园区门口那条新业大道，改名叫作南浔大道……"

2020年年底某一天的下午，王朱平在园区门口等待一批前来考察的领导。细雨蒙蒙，回望园区内一栋栋拔地而起的厂房，王朱平内心不胜感慨。他拿起手机，拍下一张张照片。事后他说："当时我真的很激动，这两年来，从一块荒地开始，那些厂房一栋栋竖起来了，就像自己的孩子一样，看着他一点点成长，真是说不出的感觉！"

回到宿舍，王朱平用蜜蜂剪辑软件制作了一个视频，取名《南浔·广安产业园区成长记》。不久之后，王朱平告别产业园区，回到南浔。他写了一首诗，来表达自己依依惜别之情：

> 扶贫协作系纽带，伟人故里存感怀。
> 产业园区平地起，已归家乡心仍在。
> 匆匆两年时光快，日就月将如我孩。
> 初具规模心潮涌，浔广牵手大步迈。

6

总部在南浔的沃克斯迅达电梯有限公司是国内最早专业从事电梯生产制造的企业之一，2016年与世界电梯行业巨头瑞士迅达集团合资合作，成为目前行内最具竞争力的合资企业之一。

　　南浔、广安结对扶贫刚启动，沃克斯电梯第一时间响应政府号召，着手谋划赴广安投资兴业。2018年11月，沃克斯迅达执行董事、总经理陆柏林随南浔区代表赴广安考察期间，即与广安官盛新区管委会签订了投资合作帮扶协议。次年1月，沃克斯电梯广安分公司正式申领了营业执照，成为第一家在产业园区落户的规上企业。

　　厂房建成后，沃克斯电梯陆续完成智能化全自动生产设备的进场安装与调试。目前，包括拥有十台ABB机器人的全自动电梯门厅生产线在内的多条生产线已经投产。

　　除了对工厂设备的投入，沃克斯电梯还十分重视对当地人才的培养，与广安职业技术学院联合开办"特色订单班"，根据沃克斯电梯的业务特点灵活设置课程，大三期间到企业实训实操，毕业后直接进入沃克斯迅达工作。

　　2020年6月，湖州·广安东西部扶贫协作联席会议在广安召开，南浔区

浔广产业园中的电梯生产线（邹黎摄）

委副书记、区长温建飞在会上充分肯定了沃克斯电梯在东西部扶贫协作中所取得的成绩。

陆柏林是一个有经济头脑又不乏社会担当的企业家。沃克斯电梯南浔总部年电梯订单三万六千余台，目前已出产一万三千余台，产值达十四亿。目前，广安分公司需要一个"量"的支持，如果一年下来只有三百台电梯的量，那么年产值也就三千万左右，这个数据对于企业和政府来说，都是不满意的。再说，自动化生产线如果没有产品数量上的支撑，使用成本比人工操作还要高得多，这些问题和困难也让陆柏林感到了压力。

"不过，企业做到现在，发展到了一定的程度，我们承担起一些社会职能，也是应该的。"陆柏林语气平静而又坚定地说，"对于东西部扶贫协作，我们沃克斯迅达既要讲企业经济效益，更要讲政治担当！"

浔栖江南和"652＋N"工程

7

由中共浙江省委办公厅编发的《浙江信息》2020年第五十二期，刊载了湖州市委办上报的一篇题为《南浔区携手四川广安打造东西部扶贫协作示范样版》的信息。

"信息"称，自2018年4月与广安区结对以来，南浔区聚力产业帮扶，突出优势互补，坚持三产联动，加快从"单向帮扶"输血向"互动合作"造血转变，不断巩固提升脱贫成效。南浔区与广安区探索的"三产联动""国企引领"等协作扶贫模式两次入选国务院扶贫办东西部扶贫协作典型案例。

"信息"讲述了"652+N"全产业链农业工程：

"……大力实施现代农业'652+N'工程，即建设湖羊养殖基地三个、'跑道鱼'养殖基地三个，发展龙安柚、柠檬、中药材等五个种植基地，打造龙安柚和湖羊两个深加工基地，建成一百个湖羊养殖幸福农场。目前已建成种植基地五个、跑道鱼基地一个、深加工基地一个、湖羊养殖幸福农场五十六个，已解决广安贫困人口就业九百七十三人，带动贫困人口一点三万余人。"

"信息"介绍了"浔栖江南"农旅融合项目：

"……由南浔旅投集团盘活广安区大龙镇光明村集体闲置资产，与当地合作打造浔栖江南度假区旅游扶贫项目，发动贫困群众配套销售农副产品和旅游商品。目前，浔栖江南度假区一期已成功运营，二期在建，可带动周边三百余名贫困人口增收。"

"信息"还辟立专节，讲述了扶贫人才交流和结对互助工作：

"实施人才交流计划。启动干部人才交流'四个一百'三年行动计划，累计开展干部培训一千余人次、专业技术人才培训一千六百五十八人次，选派四名党政干部、一百余名专业技术人员赴广安区开展支教、支医、支农、支企活动。

"实施结对互助计划。帮助广安区实施'村企结对、贫困残疾人增收、就业促进、民生帮扶、公益帮扶'五大工程，动员社会力量向广安区捐款一千三百四十点五万元。落实六十一家企业、五所学校、两家医院分别与广安区五十九个贫困村、七所学校、九家医院结对，形成多领域帮扶格局。"

8

冯悦是南浔旅投集团副总经理、浔栖江南度假区负责人。

南浔旅投集团隶属于南浔区国资公司，是南浔区唯一以旅游为主业的区属国有独资企业。南浔与广安结对扶贫工作甫一开始，南浔旅投集团即在广安区成立了浔广旅游发展有限公司，投资两千万，着手建设浔栖江南度假区。

浔栖江南度假区位于广安区光明村，美丽的渠江江畔，距离广安主城区半个小时车程，项目第一期占地面积约五十亩，包括高端民宿、绿色餐饮及户外游乐、会务等服务。

浔栖江南度假区的选址充分体现出南浔旅投集团的扶贫协作精神，广安区原在光明村建有一批装配式安置房，因为某种原因一直闲置着，改造扩建成为休闲度假区，无疑盘活了资产。在南浔区委区政府的支持下，南浔旅投集团欣然接受当地政府的建议，确定将度假区建在光明村。

2019 年 6 月 6 日，浔栖江南度假区正式开工。冯悦不无自豪地说："项目

6月初开工建设，到9月底全部完工，10月1日国庆节就开始试运营了。这样的速度，让广安的领导和群众都感到十分惊讶……"

"度假区坐落在半山腰，因为道路状况差，建材都是靠驴子、马驮上去的，大家都干得十分辛苦。"冯悦介绍道，"当时我带了南浔的团队，和外包的当地建筑公司一起，没日没夜地干，因为工期实在太紧张了，一点也不能松懈……"

冯悦说："我们还和当地乡镇签署协议，优先采购周边贫困户的蔬菜、食材。在用工方面，我们特地录用了五名建档立卡贫困户，当保安、保洁员等。度假区的运营人员也尽量使用广安当地人……"

2020年，南浔旅投集团加大扶贫开发力度，投资七千万元打造浔栖江南度假区二期项目，建成后将成为川东地区首屈一指的旅游度假产品。

一封特殊的感谢信

9

2018年4月，薛景来到广安挂职，任区委办副主任，是最早来到广安的两位南浔挂职扶贫干部之一。

因为地域和时间不同，东西部扶贫协作各地的侧重点都不一样，很多工作是在深入调研、不断探索中逐步推进和完善的。开始几个月，薛景和同事把全部精力都化在下乡镇、进部门的调研之中，渐渐地掌握了广安社会经济发展的真情实况，了解到广安扶贫协作的需求点，然后做了一份详尽的扶贫协作规划，上报给两地党委政府，为南浔、广安东西部扶贫协作工作奠定了扎实的基础。

"第一年我们基本上以配合当地产业发展为主，努力把广安已有的产业做大做强；第二年开始，我们扶贫协作的目标更加清晰，力度不断加强，启动了工业产业园区、浔栖江南农旅项目、湖羊入川全产业链农业等大手笔项目……"薛景徐徐道来。在广安三年，几乎每一个扶贫协作项目都倾注了他的汗水和心血，其中甘苦，也唯有他自己知道。

三年来，他几乎没有好好休息过一个双休日，难得节假日回南浔探亲，也每次都要抽出时间向区领导汇报工作，或者到相关部门去协调扶贫协作事项。

"开始那段时间，在广安只有两个挂职干部，我们除了工作还是工作，反正也没有其他地方好去，没有其他事情好做。"薛景说，"后来，实施了干部人才交流'四个一百'三年行动计划，南浔选派来广安的党政干部和支教、支医、支农、支企人员才慢慢多起来。"

"现在，双休日偶尔也和挂职的同志一起在租房里聚聚，"薛景微笑道，"每人烧两只拿手的菜，凑成一桌，大家一边吃饭一边交流……"

扶贫工作压力大，国家扶贫办每年都要进行严格的考核，南浔区委、区政府的要求也很高很严。扶贫干部们的工作一直很辛苦，但从薛景的话里流露出来的只有工作的快乐。他笑着说："我三年的挂职任期快到了，本想这三年把四川和大西南走一遍，现在看来，这个目标肯定是达不到了。"

10

2020年7月，湖州市委、市政府和南浔区委、区政府分别收到了一信特殊的感谢信，感谢信来自四川省东西部扶贫协作和对口支援工作领导小组办公室。其中给南浔区委、区政府的感谢信，全文如下：

中共湖州市南浔区委、南浔区人民政府：

东西部扶贫协作和对口支援是党中央做出的重大战略部署，湖州市南浔区认真贯彻中央和浙川两省安排部署，跨越千山万水，携手广安市广安区决战脱贫攻坚、共奔幸福小康。南浔区委、区政府以强烈的政治责任和使命担当，用心用情用力帮扶广安区，取得显著成效。

自2018年4月湖州市南浔区与广安市广安区结对以来，南浔区推动扶贫协作措施有力，把产业协作作为重点，坚持三产联动，实现从"单项帮扶"输血向"互动合作"造血转变，巩固广安区脱贫攻坚成效，助推高质量发展；派出的援助干部视他乡为故乡，扎根扶贫前线无私奉献，为广安区带去了新理念、好作风；视广安区群众为亲人，帮助就业增收，改善生活条件，用真情实意温暖了广安区人民。特别是今年6月17日四川省东西部扶贫协作现场推进会在广安区成功举办，两地共同创造的"三产联动""国企引领"扶贫协作模式，得到与会领导和嘉宾的一致好评，南浔·广安扶贫协作扎实的工作实绩，为大会的顺利召开做出了积极贡献。在此，对南浔区的大力支持、倾情帮扶表示衷心感谢！

当前，正值四川全省上下决胜脱贫攻坚的关键时刻，希望南浔区与广安区在已有良好工作局面的基础上，进一步精诚协作帮扶，携手决战决胜脱贫攻坚，为实现与全国同步全面建成小康社会做出更大贡献！

四川省东西部扶贫协作和对口支援工作领导小组办公室

2020 年 6 月 29 日

11

南浔区发改经信局区域合作科是东西部扶贫工作的职能科室，两名干部张文文、赖柏乐都很年轻，浑身充满朝气和干劲。分管副局长戴晶看上去文静典雅，工作起来却是风风火火，精明能干，这是江浙一带年轻女干部的典型形象。

作为南浔区扶贫协作工作的具体负责人，戴晶对两地结对帮扶工作事无巨细，都亲力亲为，工作的辛苦与收获的喜悦交缠在了一起。

"我们在后方，尽力做好各种保障；前方是那些援建干部和企业，他们付出了很多……"戴晶总是这么说，她很少讲自己的工作成绩。

其实她的工作大家都看在眼里，且不说领导、同事对她的评价，就连那些广安务工人员都把她当成自己的亲人。有一次，一位来南浔务工的年轻女工接受记者采访，说起当地领导关心帮助广安务工人员，说到戴晶并没有称呼"戴局长"，而是亲切地叫她"戴姐"。

戴晶的工作是认真细心的，她胸中有着清醒的大局意识。

"广安区早在 2017 年就已经脱贫，但经济实力比较薄弱，全区只有八家规上企业，大部分乡镇还是以脱贫攻坚为中心。因为广安区是广安市的中心城区，又是小平同志的故里，'两不愁、三保障'的指标体系比较全、要求比较高，这样的情况与我们的援疆、援藏、援青就不太一样了，我们必须树立自己特色的扶贫协作理念……"戴晶在说起南浔、广安扶贫协作时，谈了自己的想法。

戴晶说："我们区委、区政府领导站位就比较高，区委杨书记提出的'国企引领、三产联动'观点，确实发挥了巨大作用，浙川两省和国务院一致肯定了这一做法。2021年2月，南浔区委被评为全国脱贫攻坚先进集体，这是全国这一方面的最高荣誉……"

上级的荣誉和老百姓的口碑都由辛勤的汗水换来，所有的成绩都代表着过去。

一切过往，都将成为序章。

谈到未来的设想，南浔区委书记杨卫东说："展望未来，南浔区将认真贯彻落实中央和省市委决策部署，坚定政治担当，出台硬核举措，进一步深化'三次产业联动、国企引领'扶贫协作模式在广安区落地落实，不断巩固拓展脱贫攻坚成果同乡村振兴有效衔接，确保在东西部协作中展现更大作为、取得更大成绩。"

（杨静龙，中国作协会员，浙江省作协小说创委会委员，湖州市文联原副主席，湖州市作协名誉主席）

长牵手

田家村

2021年2月25日上午，全国脱贫攻坚总结表彰大会在北京人民大会堂隆重举行，习近平总书记向全国脱贫攻坚楷模颁奖并发表了重要讲话，大会还对全国脱贫攻坚先进个人、先进集体进行了表彰。长兴县低收入农户高水平全面小康工作领导小组办公室被中共中央、国务院授予全国脱贫攻坚先进集体，这是长兴有史以来获得的最高荣誉。

应邀参加表彰会的长兴县农业农村局局长、长兴县低收入农户高水平全面小康工作领导小组办公室主任吴秋景内心激动万分，她告诉我，长兴县领导心系每一位低收入农户生活条件的改善，要求小康路上一个都不能少。2018年，长兴县成立了高水平全面小康工作领导小组，县委书记、县长任双组长，县发改委、供销社、建设局、人力社保局、民政局等相关部门一把手为领导小组成员，统筹推动各项帮扶工作落到实处，相关的工作则由我们领导小组办公室进行协调。经过大家的努力，今天终于见到了成效。她说："奖牌捧在手里沉甸甸的，因为它浸润着长兴每一位帮扶干部的汗水……"

一个了不起的女人

芳树无人花自落，春山一路鸟空啼。

4月初的一个上午，我去胥仓村采访唐红。吕山乡扶贫干部臧薛莉的车技很好，行云流水般在春天的风景中穿行，为我带路。出发前，臧薛莉告诉我，唐红是长兴县低收入农户高水平全面小康工作领导小组办公室负责实施的全县"十百千万"帮扶行动的首批受益人之一。这个帮扶行动就是为有劳动能力、有发展意愿的低收入农户开辟一条致富之路。今年,吕山乡共有六十户低收入农户,其中五十户选择以芦笋种植和湖羊养殖进行产业帮扶。

我采访的用车是长兴县农业农村局合改科科长商木星帮我叫的,但他今天不能陪我,有更重要的工作。见多识广的司机老周对我说:"农业农村局的人可忙了,他们真的是在为农民办实事,没有半点虚假。"我笑了,这句话从一个汽车租赁公司的司机嘴里说出来,还真不容易。

下车后发现,唐红的家就在一条村道旁,原本紧靠道路的两间小屋已经在全域土地综合整治中拆除,只剩下退在里面的一幢像仓库一样的房子,原来的院墙门当然也已经不复存在。一条用链子拴着的草狗,成了唐红家的守护神,它用响亮的嗓门,向我这个准备进入它保护区域的陌生人发出坚定的咆哮。

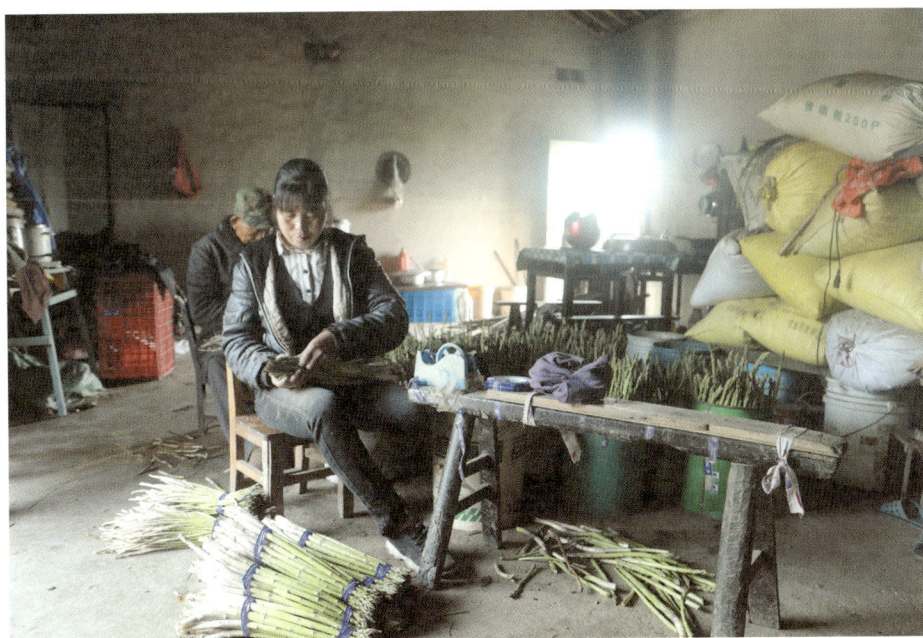

唐红在整理刚收上来的芦笋(田家村摄)

唐红今年四十九岁，二十年前，因三峡工程建设，她和家人离开了世代居住的重庆奉节，举家移民来到吕山乡胥仓村。现一家共有七口人，除了她和丈夫，两个孩子，还有三位老人。大女儿上五年级，小儿子读一年级。小儿子刚出生时被检查出患有先天性心脏病，刚满月就花去了八万多元的手术费。

　　房前空地上的三张凳子上分别坐着唐红的公婆和父亲，他们的年龄加起来正好二百五十六岁。老人们看上去不太精神，因为身体欠佳，每年看病吃药要花不少钱。唐红的老公没有文化，且因身体原因，既干不了重活，也干不了技术活，只能在企业里干一些杂活，每月只有一千多元的工资。生活的重担曾经像一场大雪，几乎全压在这个瘦弱的女人身上。

　　此时，唐红正在满是农具、生活用品的屋内整理刚收上来的芦笋。这些壮实的芦笋是她早晨四点来钟去地里采摘的。在接受我采访的时候，她的手一刻都没停，把芦笋理好，码齐，捆扎，切除根部。等一下，她要把这些新鲜可口的芦笋装上电瓶车，送到芦笋合作社去。

　　唐红的话中依然带有浓郁的重庆乡音。她说自己小学没有毕业，文化不高，不会讲话。在和她的交谈中，她多次说很感谢领导的支持。她还多次提到一个人的名字，这个人就是她的结对村干部、胥仓村党总支书记陈建芳。

　　根据长兴出台的低收入农户帮扶政策要求，要不漏一村不落一人、一年一个新进展，在实现"两不愁、三保障"目标的基础上，进一步提升低收入农户的生活品质。这一意见的实施主体为各乡镇人民政府、街道办事处、园区管委会，但真正牵手这些低收入农户的人，是乡镇、街道、园区的帮扶干部和每一位村干部，陈建芳就是其中之一。

　　在胥仓村村委会，我见到了陈建芳书记。陈建芳说：唐红是一个了不起的女人，她非常勤奋，对生活很乐观，她非常珍惜这次被帮扶的机会。2018年，县里启动"十百千万"产业帮扶政策后，我和乡干部来到唐红家，向她讲解扶持政策，答应由村里免费为她提供六点三亩的芦笋种植大棚，芦笋种苗也由村里提供，技术由乡里派专家指导。为了打消唐红对芦笋销路的顾虑，我们还联系了共产党员、种植大户徐国华，他答应为唐红生产的芦笋托底销售，给唐红吃了一颗定心丸。

　　有了这么好的政策，唐红暗自下决心要认认真真干一场。从此以后，唐红承包的芦笋大棚内，几乎每天凌晨都能看到有矿灯在闪烁。陈建芳说：芦笋地上的每一块泥，她都会用手捏碎。每一根细小的杂草，都被她拔除。除了睡觉和接送孩子上学放学，其他时间她都在大棚里忙碌。

芦笋种植是非常辛苦的活，一年中有八个月需要采摘，对种植户来说是一大考验。特别是夏天，大棚内温度很高，所以，种植户必须在凌晨三四点钟就进大棚采摘，八九点钟把整理后的芦笋送到合作社。有一次，唐红在运送芦笋时发生车祸，摔掉了一颗牙，脸上和手上都摔破了皮，陈建芳让她好好在家养伤，大棚里的活由村里安排志愿者帮忙干，但唐红放不下，第二天又出现在了芦笋大棚内。陈建芳说：我真的没有见过这么肯吃苦的人！

如今，在技术人员的帮扶下，唐红已经成了芦笋种植和湖羊养殖的一把好手。

当一捆捆新鲜的芦笋被合作社运走时，唐红的脸上露出了笑容，感觉再苦再累也是值得的。第一年，唐红家增加净收入三点五万元。

2019 年，除了原来的芦笋大棚，政府又在湖羊扶贫基地为她提供了羊舍和十只小羊羔，手把手教她如何养羊。唐红用自家产的芦笋秸秆当饲料，羊粪又当作肥料来养地，一来一去省下不少成本。到了年底，通过乡里的湖羊义卖，她家又多了一点八万元收入。

2020 年，村里红红火火地开展全域土地综合整治，村干部怕唐红家拆房建房经济上承受不住，可唐红二话不说，就跟村里签订了自愿拆迁意向书。唐红说，我跟丈夫商量了，村里这么帮助我们，我们也要支持村里的工作。

通过三年的帮扶和自己的奋斗，唐红家的收入有了稳定增长，她的信心更足了。2021 年初，她花了一点五万元，把原先租用的五个芦笋大棚买了下来，决定让自己的产业更上一层楼。村里支持她，还为她的大棚买了保险。

唐红还用拆迁补偿款作为首付，建造一幢三百平方米的二层楼房。尽管造房子的钱有一部分是向银行贷款的，但她说：有领导的帮助，还有我和丈夫两双勤劳的手，我不担心，我相信我们全家一定能过上更加幸福的日子！

让农户有产品销售的话语权

2020年11月，国务院扶贫办政策法规司等部门编写出版了《中国减贫奇迹怎样炼成》一书，介绍了全国三十二个成功案例，浙江省唯一入选的案例是长兴。该书在导读中写道："浙江省长兴县创新推出以帮扶低收入农户和村集体经济发展后进村为主的双扶行动，通过下好一盘棋，织紧扶贫一张网，拧紧扶贫一条心，铆足扶贫一股劲，筑牢强村富民基石，为精准扶贫提供新的方向和思路。"

在介绍长兴卓有成效的"双扶"特别是"十百千万"帮扶工作前，我必须要提到"三位一体"改革这个名词和长兴县供销合作联合社这个单位的关系。

"三位一体"改革是习近平同志在浙江工作时亲自点题、亲自破题的命题作文。省委、省政府还出台了《关于深化供销合作社和农业生产经营管理体制改革 构建三位一体农民合作经济组织体系的若干意见》，要求各级党委、政府开展生产、供销、信用"三位一体"改革，构建新型农民合作经济组织体系，推动"三农"工作走在前列。

供销社是很多中老年人最熟悉的一个单位，特别在农村，曾经我们的所有生产生活物资都离不开供销社。但在改革开放之后，这个单位被边缘化。当然，任何事情的衰弱或重生，都与自身的作为和社会的发展、需要息息相关。

长兴县供销合作与联合社主任夏会方年纪不大，但头发灰白，属于纯天然无修饰的"奶奶灰"，一看就是一位工作上有想法的实在人。1989年，他从农大毕业后，当了一名乡农技员。几十年来，无论岗位怎么调动，他从未离开过自己热爱的这块土地。2006年，他在雉城镇当副书记分管农业那三年，让葡萄产业在长兴城南的大地上形成燎原之势，最后占领全县，如今已成为很多农户增收的产业。

在夏会方看来，农户搞产业增收，必须要健全合作联社，只有抱团发展，才能让农户形成农资采购和产品销售的话语权。因为有想法，想干事，能干事，夏会方最终让长兴县供销合作联合社成为长兴"三位一体"改革行动中的执行者、探索者、创新者。

2017年5月，全国供销总社副主任邹天敬到长兴调研供销合作社综合改革工作，提出供销社应该以扶贫为抓手，释放"三位一体"改革红利，在小农户特别是低收入农户增收方面多做工作。

应该说，邹天敬的话给了长兴县领导和夏会方很大的信心。长兴县农民合作经济组织联合会马上着手开展了"社户对接产业扶贫"的试点工作，依托八个专业合作社，当年为三十六户低收入农户实现户均增收六千五百四十一点七元，效果十分喜人。

在总结这一试点经验的基础上，长兴县实施了全省首创的"十百千万"帮扶行动，即围绕十大产业，动员百家专业合作社、产业农合联、基层供销社，结对帮扶千户以上低收入农户，实现年户均增收二点七八万元，人均增收一点一九万元。

2018 年 4 月，长兴县召开全县"双扶"（扶持集体经济、扶持低收入）工作动员大会，印发了《长兴县社户对接助农增收"十百千万"帮扶行动实施方案》《关于社户对接助农增收的十七条政策意见》，全面吹响了长兴县扶贫工作"集结号"，打出了长兴县历史上投入最大、涉及最广、工作最细、效果最好的帮扶组合拳。

她从未向困难低头

和平镇农办有二十三位干部，许增奇就是其中一位。那天，我请他陪我去见一位帮扶对象。

和平镇长城村许长蔬菜专业合作社成立于 2010 年，基地规模两千八百亩，有社员二百多户。集蔬菜种植、销售、冷藏、加工于一体。结对帮扶了一千多户低收入农户，与低收入农户有着领头干、跟着学、帮助销、共致富、奔小康的关系。最多的一天，从该合作社发往杭州的芦笋达五万多斤。

在长城村村干部汪芳芳的带领下，我们来到一排芦笋大棚中间，见到了我要采访的帮扶对象易明娥。易明娥五十二岁，是一位强直性脊柱炎患者，因为脊柱畸形，她的头很低，我很难看到她的脸。在和我说话时，感觉她的眼睛一直关注着脚下的大地。

在我看来，她日常生活都十分困难，更不用说劳动了。没想到易明娥告诉我，她喜欢干活，不向困难低头。以前找了很多工作，人家都不肯收她。这几年村里为她安排了采摘芦笋和除草的工作，她很满意。她还告诉我，自己一年能拿三万元工资，年底还能从村股份经济合作社拿到三万元分红。现在，她已经将前几年借的十几万造房子的钱还清了。她说这番话的时候，我听出了她的自豪感。

从长兴人力资源和社会促障局了解到，长兴开展免费的残疾人技能培训和扶贫致富带头人培训，引导和鼓励工商企业、农业龙头企业、农民专业合作社吸纳更多有劳动能力的低收入农民就近就业，以增加他们的劳动收入。通过与相关企业的积极协调，2019年，长兴促进帮扶低收入农户家庭劳动力就业一千一百九十五名；2020年，帮扶这类劳动力就业一千三百八十六名，2021年一季度，帮扶对象有三百七十九人。

你放心，算在我头上

长兴画溪街道竹元村民风淳朴，一心向党。在血雨腥风的战争年代，这个当时仅十九户人家的小村，曾有十人加入中国共产党，八人参加革命，七人随军北上。

村里的一座老式宅院是中共长兴县委秘密交通站旧址，曾经是连接浙西特委至苏南太滆根据地的坚固据点，是安全转移"皖南事变"突围干部战士的中转站，是长兴隐蔽战场上的"沙家浜"。

对于现任竹元村居民区党支部书记许建勇来说，落实县里要求的"生活设施帮扶行动"，为村里的帮扶对象完成危房旧房改造，是他必须要完成的任务之一。

竹元村需要帮扶的对象共有三户。其中吴象生为一级肢体残疾，另两户分别是家庭成员有三级精神残疾和四级智力残疾。吴象生五十出头，未婚，因从小得小儿麻痹症，双手后翻，平时行动只能坐在轮椅上用一只脚撑着移动。生活几乎不能自理，一日三餐都需要人喂，如果没有人喂，他只能直接把脸伸到碗里去吃。

他以前居住的一间约三十平方米的简易房已经墙体开裂，屋顶漏水，属于危房。吴象生当然想住新房，但没有钱。尽管他现在每月领到的低保费、残疾人护理费、困难残疾人生活补贴三项加起来有一千六百三十五元，但这点钱只能维持基本的生活。

根据帮扶政策，吴象生造房，县财政有两万元补贴，街道配套一万元补贴。为了对帮扶对象负责，这三万元要到房子建完验收合格后才能领。所以，能不能把房子造起来，主要看村干部能不能主动作为。许建勇知道，把两间约六十平方米的平房造好装修好，精打细算也要八万元。

于是，许建勇发动乡贤、朋友帮忙，当然也自掏腰包。砖头不够，直接从弟弟建房的工地上拉。前后只用了三个多月时间，在2019年初夏，就把吴象生的新屋造好并装修好了。

实施危旧房改造和改善基础生活设施确定的帮扶对象，这项工作由长兴县建设局牵头落实。4月14日上午，县建设局城乡建设管理科科长张淳、副科长郑升阳陪我到竹元村采访，他们告诉我，长兴的帮扶规定很周到、很细化，要求把帮扶对象的房子造起来还不够，对住房的地面、阶坎、院落等地方要进行平整硬化，对房间、墙面等进行清洁化处理，如果是残疾人，还必须做到能无障碍设施进家。还有，屋内的基础生活设施也要跟上，对老化电器、电线、水管等进行更新，要帮助添置衣被、床、衣柜、桌椅板凳等基本生活用品。

因此，房子造好装修好，许建勇还为吴象生重新买了家具、家电、生活用品。担心吴象生夏天没有空调受不了，许建勇又帮助买了一台一点五匹的空调。当吴象生说空调很喜欢就是吃不消电费时，许建勇拍拍胸脯说：你就放心用，电费全算在我头上。

为了让村里的三户帮扶对象住上新房子，许建勇个人自掏腰包六万余元，其他乡贤捐款捐物总计价值达十五万元。

天塌大事有人挡

李家巷镇石泉村村民汪红红有一双清澈的大眼睛，她身材娇小，目测有九十二斤。我很难想象这么一个娇小的女人，能够在炎炎夏日把五亩地里的一万七千多斤葡萄采摘下来再搬上车。

2013 年初，汪红红的丈夫柏卫贤感觉自己腰酸背疼，早晨起床，脚踝还有点肿，到医院一检查，发现自己竟然到了尿毒症晚期。他和妻子一下子就晕了，眼泪哗啦啦就流了出来。

擦干泪水，生活还是要过下去。尿毒症患者只有一个目标：换肾。但肾源很紧张，各大医院里，排队换肾的人不计其数，十多年没排上的大有人在。如果有幸等到了肾源，必须准备一大笔钱。如果换肾成功，后期需要服用进口的抗排异药物，而且是终身服药。

在等待换肾的日子里，每周需做三次透析。因为肾坏了不能排尿，喝下去的水在身体内存着排不出来，人就会肿胀，甚至会危及生命。所以，透析的病人平时都不敢喝水。有人在进入透析室之前，会狠狠吃上半个西瓜过把瘾。

因为家里的顶梁柱出了问题，县、镇、村三级政府将汪红红家作为重点扶持对象。村里提供五亩葡萄田给她种植经营，还安排技术人员给予技术指导。

长兴全县副科级以上干部全部结对低收入农户，还人手一册帮扶《民情日记》，定期要到结对户家走访。非常巧合，组织上安排给汪红红的结对干部是长兴分管农业的县委常委史会方。

2018 年 5 月，就在史会方和汪红红一家结对帮扶不久，柏卫贤终于等来了肾源。这既是一个好消息，又是一个让人难以承受的消息，因为换肾的费用需要四十万元，如果拿不出这些钱，就会错失肾源。

长兴有一个家喻户晓的民间故事，叫《天塌大事长人挡》，说曾经有一个小镇因为有人犯事，上天要对小镇发难。镇上的老百姓听后非常惊恐，但有一个小孩子骑在牛背上，依然快乐地吹着笛子。有人就责怪小孩不长心肝。而小孩却说：没事的，天塌大事长人挡。后来，果然有一个很长的乡贤把这件事给化解了。

巧的是，就在汪红红一家感觉天就要塌下来的时候，"长人"出现了。身高一点九米的史会方了解此事后，千方百计帮助汪红红一家筹捐。在柏卫贤完成手术的第七天，史会方和南太湖集聚产业园党委书记臧雷鸣、白泉村党支部书记李剑勇、湖州鑫达国际物流有限公司董事长郑井方等人赶到杭州慰问，每个人都捐款两千元，其中郑井方一下子捐了十万元。

丈夫换好了肾，了却了汪红红心头的一件大事，让她从此将创业增收作为自己的头等大事。

在葡萄的成长期，汪红红在技术人员的指导下施肥、锄草、采摘，努力学习葡萄种植技术。她和丈夫还积极参加县、镇组织的葡萄栽培种植技术培训，做到理论实践相结合。

2018年的葡萄种植收益不错，一共卖出四万余元，这给汪红红全家莫大的精神动力。2019年，他们通过自身努力，改良和提高葡萄质量，迎来了更好的创收，全年增收七点二万元。2020年，他们家在政府的协调下，申请到贴息贷款二十万元，新建十七亩高架大棚种植阳光玫瑰葡萄。尽管当年受到洪水和疫情的双重影响，收入依然有七万元。

在采访柏卫贤时，他告诉我："三年前，我换肾手术过后没几天，史常委他们特意来看我。当时我还很虚弱，而且他们都戴着口罩，我都没认出他们几个是谁，但史常委我是认识的，因为他特别高大。真的，他就是为我化解灾难，带来希望的'长人'，我很感谢他，也感谢所有帮助我的人。"

内心喜悦缘于开花结果

4月19日上午，我在长兴县行政中心采访了长兴县委常委、长兴县低收入农户高水平全面小康工作领导小组副组长史会方。

他告诉我，长兴在帮扶低收入农户工作中，首先优化了扶贫的政策环境，出台了一系列政策文件及相关配套细则，确保中央、省委有关扶贫精神能够在长兴落地生根、见到成效。县主要领导亲自抓这项工作，还成立扶贫开发专班，推进全县各项扶贫工作高质量落实。如在贯彻落实"一户一策一干部"方面，我们落实了一千六百五十二名帮扶干部，累计帮扶四万四千四百十次，实现帮扶干部结对率和入户覆盖率百分之百。

长兴创新开展了五大帮扶行动。尤其是"十百千万"产业扶贫，建设了六十五个具有造血功能的现代农业产业帮扶基地，确保帮扶对象不仅能种得好，还能卖得好。到 2020 年底，我们帮扶了两千一百九十八户，其中一千二百二十四户已具备较好的造血能力。2020 年帮扶的一千六百三十八户低收入农户，已经实现户均增收三点零一万元。同时，扎实开展生活设施帮扶、就业创业帮扶等其他帮扶。2018 年以来，全县完成低收入农户就业创业帮扶三千零五十六户三千一百零七人，危旧房改造四百零六户、基础生活设施改善一千三百十六户。2020 年，对全县一万两千零八十五名城乡相对困难群众实施健康医疗补充保险全覆盖，进一步减轻了他们因病造成的经济压力。

"十百千万"帮扶行动获得了各界的广泛好评。经过连续三年抽样测评，低收入农户和社会各界的满意度均保持在百分之九十五以上，《浙江日报》《农民日报》、浙江新闻等党报党刊和主流媒体对长兴的这项工作进行了宣传报道，车俊、郑栅洁、彭佳学、周天敬等省部领导在有关会议和场合给予了高度肯定……

史会方在谈到这些工作时充满自豪，如数家珍。的确，他做农村工作二十多年，和广大帮扶干部一样，对低收入农户有感情、有责任、有付出、有作为，如今看到了开花结果的喜人局面，有一种发自内心的喜悦。

采访结束，当我把《天塌大事长人挡》讲给他听时，史会方笑了："说我是'长人'真不敢担当。真正能为我们的低收入农户遮风挡雨、分担忧愁的'长人'是党的帮扶政策，是我们长兴每一位有担当、有温情的帮扶干部。"

尾　声

上午十点，从史会方的办公室往南眺望，市民广场正中央，有一面鲜红的国旗正迎风飘扬。远处，绿意正浓，春花正艳。越过这春花春绿，城市的繁华在目光所及尽头的阳光下闪亮。荣誉是肯定，也是鞭策。我相信，长兴牵手低收入农户奔小康的工作还将继续进行下去，在通往幸福的大路上，他们将长牵手，向前走。

（田家村，中国作协会员，湖州市作协副主席，长兴县作协主席）

恩情如茶一叶牵

王行云

2018年4月9日，安吉县溪龙乡黄杜村盛阿伟等二十名党员联名写信给习近平总书记，汇报了种植白茶致富的情况，表示愿意捐赠一千五百万株茶苗帮助贫困地区脱贫。5月20日，湖州市委书记马晓晖亲自到黄杜村传达了习近平总书记的回信。习总书记指出，黄杜村党员致富不忘党恩、捐赠茶苗帮扶困难群众的行为，是为党分忧、先富帮后富的精神，并希望把帮扶困难群众这件事做实做好做出成效，带动更多的人为脱贫攻坚贡献力量。

党的恩情说不完。黄杜村一片叶子致富及其扶贫的故事，在竹乡安吉传为佳话，亦几乎成为了太湖南岸的一大热点……

一片叶子，富了一方百姓

黄杜村，以前是安吉的一个贫困村，为了脱贫致富奔小康，村民们种植过辣椒、板栗、菊花、红竹等农作物，也办过竹制品、拉丝、铸铁等企业，但始终未能如愿富起来。

然而，安吉白茶改变了黄杜村的命运，不仅使黄杜村成为了安吉白茶之乡，而且还是安吉白茶的源产地和核心产区。

1980年，大山坞村种茶老手盛振乾跟随县林科所的农艺师刘益民穿梭长兴、德清和莫干山等茶山，最终在安吉境内原山河乡横坑坞海拔八百米的桂家山找到一株野生茶树种，那是一棵有着千年树龄的"白茶祖"。盛振乾从母茶树上剪下一丛枝条，在林科所里种植，也扦插在自家野茶地里。

剪穗扦插，两处茶苗无性繁育成功。从此，安吉拉开了人工培育茶苗种植安吉白茶的序幕。

1987年，安吉首次在溪龙黄杜村建立了生产茶园。1991年，安吉白茶首获全国名茶评比一类名茶。1995年，安吉白茶处于科研阶段。1997年，通过良种审定：安吉白茶的氨基酸含量达百分之六点二五，比普通绿茶高出两倍以上。

推广种植白茶就是改变穷日子，这已是安吉县党委政府的明确目标和坚强决心。于是，溪龙乡组织有经营经验的有识之士和黄杜村干部通过"股份制"形式合作，率先种植了五十亩白茶苗。接着，对凡愿意种植白茶的农户，每亩给予一百至三百元的补贴。同时，溪龙乡政府出资向大山坞茶场预订了三十亩扦插枝条送给农户，鼓励村民种植白茶。这一路走来，风雨兼程，溪龙乡白茶种植面积很快突破万亩。

当初一些敢种敢为的人，如溪龙仙子、杨家山和玉羽等茶场经过两三年的培育种植和采摘销售，都富了起来，盖起了洋楼，开上了宝马车。2003年，黄杜村万亩白茶园年产值达两千两百五十七万元，人均年收入首次突破万元。

2003年4月9日，时间为一片叶子而停下，时任浙江省省委书记习近平到安吉县溪龙乡黄杜村考察，看到黄杜村因地制宜发展茶产业走上致富之路，由衷感叹"一片叶子富了一方百姓"的绿色发展理念。

总书记的话是对黄杜村做法的充分肯定，也是对安吉的鼓励和厚望，更给安吉白茶产业绿色发展指明了方向。

为了践行"绿水青山就是金山银山"的理念，黄杜村发展白茶产业不忘生态保护。他们一方面进行生态修复，在茶园里套种山核桃、桂树、广玉兰、香樟树和红叶石楠等三万株遮阴植物共两千余亩，使茶园呈现出"茶在林中，林下有茶"的自然景观；另一方面，为防止白茶病虫害和因低温霜冻灾害引起的白茶产量减产，积极推广白茶低温气象指数保险等办法。

目前，黄杜村四百二十家农户中，百分之八十农户有白茶经营许可，年产值超千万的茶厂有十三家。现有茶园四点八万亩，其中本村种植一点二万亩，年产值四点七亿多元，人均收入五点六四万元。黄杜一个村的白茶产量分别占了全县和溪龙乡百分之十六点一六和百分之五十六点四五。

如果说，黄杜村是溪龙乡的缩影，那么，溪龙乡就是安吉县的缩影。黄杜村是安吉白茶的原产地，孕育了安吉的白茶产业，并在短短二十年时间里成为国内茶叶产业的知名品牌，推动了安吉白茶产业乃至全县经济的持续健康发展。

昔日深山里茕茕独立的单棵母茶，通过四十多年的繁育推广，使得全县十七万亩茶园华丽地转变为"金山银山"，实实在在地富了一方百姓。如今，全县种植户一万五千八百余户，年产量一千九百五十吨，年产值二十七点五九亿元，占全县农业总产值的百分之六十，农民人均可支配收入的百分之二十五，整个产业链从业人员高达二十六万人。截止 2020 年，安吉白茶品牌价值突破四十亿元。

科技创新是产业绿色发展的灵魂，安吉白茶也不例外。目前开发出的安吉白茶饮料、茶含片、茶酒、茶食品、功能性产品等一批新产品，使单纯的茶产品逐步向茶文化休闲、精深加工跨界产品延伸，形成了一二三产融合发展的态势，也实现了"茶园向景区"的转变。

一叶扶贫，源于一封回信

一片叶子，让黄杜村民走上了致富路，那"不忘初心感党恩，致富路上共携手"的精神，已然不是黄杜村二十名党员的行为，而是引发为黄杜村、溪龙乡乃至安吉全县所有茶农带动更多人脱贫致富的一种力量。

党和国家领导人对茶的关注会直接影响茶消费和茶文化，如今，茶叙渐成国家外交手段，成为东西方文化的顶端交流。国家最高层从外交对茶的关注到一株茶苗带来脱贫致富的关心，其实就是领袖和人民共同在丰富中华民族的茶文化。

2018 年 4 月 9 日，习近平总书记对黄杜村二十名党员愿意捐赠一千五百万株茶苗帮助贫困地区脱贫的回信和嘱托，更是黄杜村人致富不忘党恩、走向扶贫一线的巨大动力。

为争抢培育一千五百万株茶苗，2018 年夏季，黄杜村不少村民放弃外出旅行，精选最好的地块、最好的茶苗进行培育。

芒种时节，黄杜村茶农基本完成了"白叶一号"的扦插。阳光下，一行行茶苗被整齐地用黑色遮光棚保护着，它们被天天浇水、适时施肥，精心呵护，静待其成长，直到揭网拣苗。黄杜村村委委员阮波说："习近平总书记的重要指示传来，村里干部群众纷纷打来电话，或到村委会表示，要求捐赠自家的茶苗。"

黄杜村退休在家的盛德林说，贵州、四川等地还很穷，我们应该为习书记分忧，学会感恩，尽自己微薄的力量带动他们脱贫增收，并愿意拿出自己一年的退休补助金购买茶苗捐赠贫困地区。

李粉英的云羽茶场建于 2003 年，其茶园从原来的十多亩发展到现在两百多亩，年产五千多斤。她说："现在生活好了，十分希望贫困地区的人也富起来，我肯定拿出最好的白茶苗捐赠。"

2013 年，在南京创业的贾伟携家三口回黄杜村，全职投入茶叶生产，注册语茉茶业品牌，现有茶园一百多亩，年营业额七百多万元。作为溪龙乡新青年创业联盟负责人，他说："我不仅捐送茶苗，还号召乡里的青年白茶种植能手，组建技术指导小分队，通过网络远程，从种植、管理、采摘和销售等方面给予贫困地区的茶农全方位指导。"

2018 年 6 月，在国务院扶贫办、省市县领导带领下，黄杜村党总支安排人员赴四川、贵州、湖南、云南等地进行了为期一个多月的考察，行程数万公里，充分了解了各地的土壤环境、气候、海拔等因素，最终确定了四川省青川县、湖南省古丈县、贵州省沿河县、普安县的三十四个贫困村作为受捐地。受捐四县均为国家级贫困县和省定深度贫困县，受捐群众都是尚未脱贫的建档立卡贫困户。

一个月后，黄杜村党总支书记盛阿伟在全国东西部协作工作推进会上与贫困地区代表签署了捐赠协议。根据协议，黄杜村村民将"白叶一号"白茶苗，捐赠给以上三十四个贫困村栽种，实施种植指导和茶叶包销，通过土地流转、茶苗折股、生产务工等方式，预计将带动一千八百六十二户五千八百三十九名建档立卡贫困人口增收脱贫。

为了让这批"扶贫苗"在受捐地种了能活、活了高产，2018 年 8 月，安吉邀请三省四县共二十六位县、乡镇负责人及农技人员到黄杜村考察、培训，系统学习茶园选址、土地开垦、茶苗修剪等技术。

一片叶子，再富一方百姓

安吉白茶已然成为安吉农业的一个特色支柱产业，也是安吉对外形象的一张金名片，外界通过安吉白茶了解安吉，走进安吉，带动了其他产业的发展，真正实现了一个品种带动一个产业，一个品牌富一方百姓。同时，通过一叶"扶贫苗"，走出安吉，带动了其他地区产业的发展和脱贫致富。

这不，2018年10月18日，浙江省对口办在黄杜村举办国家扶贫日全省现场会暨茶苗首发仪式，从安吉县溪龙乡黄杜村运出的首批安吉白茶"扶贫苗"启程，通过冷藏车运往贵州省普安县地瓜镇屯上村海拔一千六百多米的乌龙山落户，同时运往的还有广元市青川县沙州镇青坪村。

扶贫茶苗起运（董孝烽摄）

青川是四川唯一的茶苗受捐县，"低、小、散"长期制约着青川农业的发展。如今，在青川三百五十万株扶贫苗种植基地，一条条整齐的田垄，斜挂在坡度平缓的半山腰上，放眼望去，颇具规模的安吉白茶在这里安家落户。

古丈县获赠的"白叶一号"茶苗共有五百亩种植规模，覆盖古丈县墨戎镇的翁草、夯娄和新窝三个贫困村的未脱贫建档立卡贫困人口一百十六户四百三十人。

贵州沿河土家族自治县中寨镇志强村的一片幼林茶园，两千多亩的山坡上，密密麻麻长满茶苗。已高及人膝的茶树种下近三年，苍翠欲滴，长势喜人。这片茶林背后，就是东西协作、先富带后富的生动故事，茶树即来自于千里之外的浙江省安吉县黄杜村。

2019年9月，经国务院扶贫办、省对口办要求，安吉县"白叶一号"扶贫茶苗提质扩面，继黄杜村捐赠一千五百万株"白叶一号"茶苗在西部三省四县落地生根后，又与雷山县签订茶苗捐赠协议，并已累计分批向雷山县捐赠茶苗三百万株，种植面积达一千亩，带动贫困户二百零二户建档立卡人口八百二十二人增收。

受捐县茶苗栽植后，二十多名溪龙茶叶种植大户组成"一片叶子"技术服务队，每周一问诊，每月一会诊，累计派出六十一批四百十一人次，攻克技术难题七十个。并建立了常驻技术指导员队伍，对茶苗选育、移栽、养护和茶叶采摘、加工、销售等环节进行全流程全方位指导。指导受捐地区建立绿色产业经营模式，如沿河县中寨"白叶一号"项目基地建立了"村级组织＋公司＋合作社＋农户"的利益联结机制，古丈县翁草村大力推进茶旅融合发展等。

除前期蹲点指导，三省五县还建起了"白叶一号战斗群"，通过微信进行远程指导管理，使得茶苗定植存活率均在百分之九十以上。2021年春季，扶贫茶叶陆续开采。

黄杜村党支部书记盛阿伟说："只要我们务实、勤奋、认真、仔细，就一定能把扶贫苗种活、种好、种出成效，一定不辜负习总书记对我们黄杜村的殷切期望！"

各县扶贫茶投产后，浙江茶叶集团创立"携茶"品牌，除了承担按市场价收购任务外，还对规模两千亩以下的茶园派技术员到受捐地指导加工；规模

黄杜村党总支书记盛阿伟向受捐地区群众指导白茶采摘（张卉 摄）

两千亩以上的，则在当地建茶叶加工厂就地加工。如此一来，在受捐地区构建了从茶苗种植到茶叶加工、品牌培育、市场销售的完整产业链，当地老百姓种植"白叶一号"的加工和销路根本不用愁了。

那么，安吉"扶贫苗"远嫁而去，能为当地带来什么变化呢？

白茶苗从种植移栽到实现产出，中间约有三至五年的生长周期。为保证贫困户的前期收益，青川县政府通过土地流转收租金、基地务工挣薪金、茶苗折股分股金、返工代包拿委托金、集体收益得现金的"五金"模式，让青川的白茶苗最快实现收益。

白茶扶贫还提供了稳定的增收机会，据不完全统计，受捐各县通过劳动务工带动近五万人次贫困群众参与项目建设，增加了工资收入，累计发放六百四十多万元，尤其是帮扶效益让贫困群众提升了参与茶产业发展的技能水平。

如今，黄杜村已向贵州、四川、湖南三省五县共捐赠了两千两百一十万株茶苗，总种植面积达六千二百十七亩，帮助两千零二十八户六千六百六十一名建档立卡贫困人口增收脱贫，推动当地茶产业提档升级，真正实现了"一片叶子，再富一方百姓"的扶贫目标。

如果把捐赠"扶贫苗"比作一段旅途，那么西行路上定有好风景，竹乡绿水青山的灵秀不必说，更有像黄杜村一样众多的安吉茶人亦是风景。千里联姻一叶牵，"扶贫苗"喜结连理的故事才刚刚开始，而茶的终点还远远没有结束，我们相信，一片叶子还会演绎更多的新故事……

传递问候，传递指示，感恩在心。心在哪里，收获在哪里。黄杜村党员群众主动想到，做到，就一定能够让千万株安吉白茶苗插遍中华大地，成为脱贫苗、致富苗、幸福苗，不仅联络起祖国大江南北劳动人民的灵魂和情感，而且赋予了中国人对脱贫致富美好生活的热爱和信仰。

一个问候，一片叶子，其所刻画出的深情故事，自然让文字也变得更加苍翠起来。时光在满园茶香里流动，诗情画意；岁月婀娜，更将青山绿水染满豪情和牵挂，秀出风情万种。

（王行云，笔名云溪，女，中国散文学会会员，浙江省作协会员）

坚 守

——记全国脱贫攻坚先进个人徐育雄

沈文泉

2012 年 11 月 8 日，是一个晴朗的好天气，虽然已经入冬，但给人们的感觉还是那样秋高气爽。就是在这样一个晴好的日子里，举世瞩目的中国共产党第十八次全国代表大会在北京人民大会堂隆重召开。这次大会，宣告我们这个十四亿人口的东方大国进入了改革发展和民族复兴的新时代。

就是在这样一个特殊而难忘的日子里，徐育雄离开了湖州市社会科学界联合会专职副主席的岗位，跨进了湖州市发展与改革委员会的大门，出任湖州市对口支援工作领导小组办公室专职副主任，在新的时代开启了新的人生。

百万里路云和月

2021 年 5 月 11 日上午，在湖州市市民服务中心 4 号楼五楼自己的办公室里，徐育雄接受了我的采访。

我曾经想为这篇文章取名《奔波》，因为徐育雄曾对我说，他每年三分之一左右的时间都在出差，往西藏、新疆、青海、四川、吉林等湖州对口帮扶的地方跑，但他说，不要用《奔波》做题目，叫《坚守》吧，脱贫攻坚是一场持久战、攻坚战，需要持之以恒的坚守，因此我在这个岗位上已经坚守了八年多了。

话虽这么说，但采访开始不久，徐育雄就从办公桌上拿起手机，打开一个 App，给我看了一个数字，这是一个记录他在 2019 年一年飞行里程的数字：六万两千八百六十五公里。也就是说，仅 2019 年一年，他去湖州市对口帮扶地区出差，仅仅乘飞机就有六万多公里。他说，加上高铁和汽车，肯定超过十万公里，而 2012 年 11 月以来的八年多时间里，总行程肯定超过五十万公里，也就是超过了百万里。

他之所以跑了那么多路，是因为往对口帮扶地区跑是他工作的主要内容。

从 1992 年湖州首次派出干部赴西藏日喀则地区开展对口支援工作开始，二十九年来，湖州帮扶的地区越来越多，范围越来越广。到 2020 年底，湖州的对口工作分为四个层级，分布在七个省区九个地市州的十七个县级单位，分别是：东西部协作四川省，具体对象是广安市广安区、广元市青川县和凉山彝族自治州木里藏族自治县；对口支援的是西藏自治区那曲市、新疆维吾尔自治区阿克苏地区柯坪县、新疆生产建设兵团一师三团、青海省海西蒙古族藏族自治州乌兰县、重庆市涪陵区；对口合作的是吉林省白山市；山海协作的是浙江省丽水市缙云县和庆元县。这些地区加起来的总面积有四十三万五千五百多平方公里，有将近七十五个湖州市那么大，而且，除了丽水，离湖州市都很遥远，都有几千公里的路程。

无论是湖州市对口支援工作领导小组办公室或者后来的湖州市对口工作领导小组办公室，还是现在的湖州市人民政府区域合作交流办公室，八年多来，徐育雄所在的机构一直承担着在市委、市政府领导下的全市对口工作总指挥、总牵头、总协调的职责使命。为了做好对口工作，徐育雄必须亲自到那些地方，去考察，去调查，努力研究和掌握那些地方的真实情况，了解那些地方的困难、优势和需求，有针对性地向市对口工作领导小组提出具体支援和帮扶的对策和建议。因此，他不畏高原反应和水土不服，不怕落石、塌方、泥石流，也顾不上家里的妻子和女儿，一次次地往那些地方跑，也因此，无论是世界屋脊西藏那曲的雪域高原、新疆柯坪的大漠戈壁，还是"蜀道难，难于上青天"的四川的沟沟壑壑、吉林白山的林海雪原，到处都留下了他艰难跋涉的脚印，访贫问苦的身影，真正践行了习近平总书记所说的"脚下沾有多少泥土，心中就沉淀多少真情"。徐育雄自己也不无自豪地说："这些地方我都走遍了。"对于常年不着家的他，妻子和女儿早已习以为常了，如果什么时候他安耽地在湖州待一段时间，她们倒反而觉得"不正常"了。

巴山蜀水情和责

徐育雄到市对口办上班那天召开的党的十八提出了到 2020 年全面建成小康社会的奋斗目标。这是中国共产党向中国人民、向历史作出的庄严承诺。

党的十八大以后,中央进一步加大了东西部扶贫协作的力度。2015 年 11 月 29 日,中共中央、国务院颁布了指导全国脱贫攻坚的纲领性文件《中共中央国务院关于打赢脱贫攻坚战的决定》,提出了全国脱贫攻坚的目标任务:到 2020 年,稳定实现农村贫困人口不愁吃、不愁穿,义务教育、基本医疗和住房安全有保障,即通常所说的"两不愁三保障"。实现贫困地区农民人均可支配收入增长幅度高于全国平均水平,基本公共服务主要领域指标接近全国平均水平。确保我国现行标准下农村贫困人口实现脱贫,贫困县全部摘帽,解决区域性整体贫困。

在东西部协作的宏大战略中,湖州的协作对象是四川省的广安市广安区、广元市青川县和凉山彝族自治州木里藏族自治县。

"四川虽然号称'天府之国',但区域发展的均衡性与我们浙江的差距真的很大。我们湖州的经济总量在浙江十一个市中排名第八,但是到了四川,可以排老二,除了成都,四川的其他二十个地市州都不如我们。"徐育雄不无感慨也不无自豪地说,"广安是中国改革开放总设计师邓小平同志的家乡,2018 年,广安区的'规上企业'(即规模以上企业)只有十一家,而我们南浔区当时就有将近一千家'规上企业',相差好几个层级。"

2018 年 4 月,徐育雄带着各区县对口工作部门的同志在广安区调研时,时任广安区委副书记、区长吴荣胜寄予了很大的希望,他抛开手头的工作,亲自陪同,拉着大家在广安走了一遍,重点陪同考察了他们的开发园区,介绍了他们的区位优势和面临的困难。他是殷切地,也可以说是眼巴巴地期望南浔的企业家能到那里投资。

从广安回来以后,徐育雄和南浔区的有关领导立即开始做企业家的工作。他们不讲什么大道理,只从人性的角度,从中华民族优良传统的角度,抓住一个词去做工作——感恩。他说,我们就跟企业家们说,广安是邓小平同志的家乡,但是那里现在还很穷,需要我们帮助。如果没有小平同志,没有改革开放，哪有你们的现在，你们今天一个个还都是泥腿子。所以我们要感恩，要报答，要帮助小平同志的家乡父老脱贫致富奔小康。你们去那里投资，一方面是报答小平同志，另一方面也有利于拓展新的市场，如果成功，那就是双赢。

南浔的企业家明事理，懂感恩。很快，由南浔区城市投资集团、交通投资集团、旅游投资集团三大国有企业带头，一批南浔企业决定投资广安。不到一年时间，2019 年 3 月 9 日，"南浔·广安东西部扶贫协作产业园区"就开工建设了，沃克斯电梯、南洋电机、世友地板等一批南浔企业纷纷进驻园区。如今，园区已建成厂房及附属设施二十万平方米，在建十六万平方米，完成投资八亿三千万元，引进企业七家。

广安人也明事理，懂感恩，他们不仅给予南浔企业很多优惠政策，还做出了一个感恩的决定，将园区前面的大道命名为"南浔大道"。

在 2008 年 5 月 12 日的汶川大地震中遭受重创的青川县是徐育雄跑得最多的地方，仅去年一年，在新冠肺炎疫情影响的情况下就去了十多次。"青川的每个角落我都去过了。"徐育雄笑着说。

在青川的帮扶项目中，有一个"白叶一号"项目，也就是利用安吉黄杜村捐赠的白茶苗，开发了一千五百十七亩白茶园。然而，当徐育雄多次去调研白茶生长情况时，发现当地对白茶的种植管理措施落实很不到位，没有按照湖州茶叶技术专家的指导进行管理，湖州的白茶生产经验和模式在那里难以落地，他对此很不满意，并毫不客气地向县领导表达了自己的不满，并提出了下一步改进的具体措施。"我们帮助是一个方面，他们要能够接受新的观念是另一个方面。青川原有的二十八万亩茶叶效益太低，关键是没有精细化管理。我们就是想通过这一千五百多亩援助的白茶，用安吉农民种白茶的经验和模式，来带动青川整个茶叶产业乃至全县农业的精细化管理。农业要出效益，必须进行精细化管理。"徐育雄对我说，习近平总书记说过，东西部协作，要做到"观念互通，作风互鉴"。停顿了一会儿，他宽慰地说："他们也在慢慢地改变。"

2020 年 3 月 6 日，党中央在北京召开了"决战决胜脱贫攻坚座谈会"，全

徐育雄带队在青川县调研扶贫车间建设情况

国所有省区市主要负责同志都参加了这次座谈会，中西部二十二个向中央签了脱贫攻坚责任书的省份一直开到县一级。这是党的十八大以来脱贫攻坚方面召开的最大规模会议，目的就是动员全党全国全社会力量，以更大决心、更强力度推进脱贫攻坚，确保取得最后胜利。在这个座谈会上，习近平总书记进一步明确，要确保剩余建档立卡贫困人口如期脱贫，对五十二个未摘帽的贫困县和一千一百十三个贫困村要全部挂牌督战。

这次座谈会后，湖州领受了新的脱贫攻坚任务，帮助四川凉山彝族自治州布拖县的七个贫困村脱贫。

四川的凉山彝族自治州是国家层面深度贫困地区的"三区三州"中的一州。所谓"三区"，指的是西藏自治区和青海、四川、甘肃、云南四省的藏区，以及南疆的和田地区、阿克苏地区、喀什地区、克孜勒苏柯尔克孜自治州地区；"三州"就是四川的凉山州和云南的怒江州、甘肃的临夏州。"三区三州"就是习近平总书记所说的"贫中之贫，困中之困"，是脱贫攻坚的最后堡垒，也是全面建成小康社会最难啃的"硬骨头"。

领受新任务后，徐育雄顾不上疫情的影响，于4月带着三个县的同志去了位于四川省西南边缘的布拖县，去考察那七个由我们湖州负责帮助脱贫的挂牌贫困村。布拖又称"吉拉补特"，在彝语里的意思是"有刺猬和松树的地方"。布拖县还是彝族火把节的发源地，有"中国彝族火把文化之乡"和"火把节的圣地"的美誉。然而，不去不知道，去了吓一跳，徐育雄用"触目惊心""震撼"来形容那时候的感觉和心情，也由此明白了总书记说过的一番话，全国脱贫攻坚能不能取得胜利，最后就看凉山州，因为凉山是"三区三州"中最贫困的地方。

"我们小时候家里也很穷，但最穷的人家，也没有像他们那样穷的，我第一次真正知道了什么叫'家徒四壁'，家里只有一张木板搭起来的床，其实根本不像床，吃饭用几块砖头搭个灶，在地上吃，旁边就是猪圈。"徐育雄深有感触地说，"不是亲眼所见，当地老百姓的贫穷和生活观念的落后是我们想象不出来的，我们到一个乡的中心学校，发现孩子们一个个脏兮兮的，吃饭的时候，每人一个碗，一只调羹，直接放在操场的泥地上排队，把我们都看呆了。"对于这七个村的脱贫，没有好的办法，短期内只能靠投入，上级要求我们每个村投入帮扶资金不少于十万元，经过广泛发动，我们实际投入的帮扶资金达到了二百一十九点八万，村均达到三十一点四万元，动员企业捐赠生活物资折价一百二十四万元，帮助销售当地农产品二十五万余元。因为老百姓的房子在政府帮助下全部新建，还要帮助他们添置必要的生活用品，发展适合的种养殖业。徐育雄说，那里的老百姓原来是"土墙草顶垒空房，屋内混居猪和羊"的生存环境，经过脱贫攻坚，实现了"一夜跨越千年"的改变，从原始社会直接过渡到了社会主义社会，大家称他们为"直过民族"。"虽然通过大家的帮扶，彝族老百姓的生活质量有了明显的改善，但他们的生活习惯、思想观念还是跟不上，这是最大的问题。"徐育雄忧虑地说。其实，他忧虑的是这七个村下一步的发展问题。

无怨无悔心和路

扶贫的路不好走，崎岖、坎坷、艰辛，但徐育雄对选择走这样一条路无怨无悔。采访中，他不止一次地说出这个成语：无怨无悔。

八年来，他无怨无悔地战斗在扶贫一线，在条件有限的情况下，扶真贫，真扶贫，努力做出成绩来，做出特色来。他向我亮出了一份可喜的成绩单："'十三五'以来，湖州市累计落实财政帮扶资金十亿元，实施帮扶项目三百七十三个，援派干部人才四百十五名，助力结对的五个国家级贫困县率先实现脱贫摘帽。"

创新思路，借势借力是徐育雄扶贫工作的特色。他串联对方所需、湖州所能，积极引导推动白茶、湖羊、民宿、电梯制造等湖州的特色品牌和优势产业，以及美丽乡村建设的经验引入对口地区，形成产业扶贫的特色亮点。"规定动作要做到位，自选动作要做出特色来。"采访中，徐育雄向我强调了"自选动作"的特色，他举例最多的特色项目是广安的"浔广产业园"项目和安吉的"白叶一号"项目。他说，投资广安的南浔企业能够有效对接中西部广阔的市场和丰富的资源，能够充分享受国家的扶贫政策，产生了良好的经济效益和扶贫效益。另外，安吉捐赠一千五百万株白茶苗，虽然茶苗本身没有多少钱，但这事产生的影响和社会效益却很大，因为它体现了总书记"先富帮后富"的思想，符合社会主义"共同富裕"的价值观。

正因为"自选动作"做出了特色，才使湖州在2018—2020年的浙江省东西部扶贫协作工作考核中，连续三年获得最高等次的"好"，在国家2019年对广安和2020年对青川的东西部协作全面而严格的考核中，广安和青川在四川也都是最好的。"其实，我们湖州在浙江的经济实力排名第八，硬碰硬肯定是碰不过人家的。"徐育雄憨憨地笑着说。

对于自己所从事的对口帮扶工作，徐育雄感到很神圣，很自豪。他说，八年时间，让将近一亿的贫困人口脱贫，这很了不起，很有意义。这样的事情，只有在社会主义的中国才能做到，只有中国共产党才能做得到。正如习近平总书记所指出的那样，我们"提前十年实现联合国2030年可持续发展议程的减贫目标，世界上没有哪一个国家能在这么短的时间内帮助这么多人脱贫"。对此，徐育雄不无自豪地说："这是前无古人，后无来者的伟大事业。能够参与这样伟大的事业，是我的幸运。"

2021年2月25日上午，西装革履的徐育雄怀着无比激动的心情，步入了庄严神圣的人民大会堂，作为全国脱贫攻坚先进个人代表参加由党中央、国务院召开的"全国脱贫攻坚总结表彰大会"。这次大会隆重表彰了十名全国脱贫攻坚楷模、一千九百八十一名先进个人和一千五百零一个先进集体。徐育雄在这个神圣的政治舞台上领取了人生中的最高荣誉——"全国脱贫攻坚先进个人"的证书和奖章。

就是在这次大会上，中共中央总书记、国家主席、中央军委主席习近平代表党中央、国务院庄严宣告："经过全党全国各族人民共同努力，在迎来中国共产党成立一百周年的重要时刻，我国脱贫攻坚战取得了全面胜利，现行标准下九千八百九十九万农村贫困人口全部脱贫，八百三十二个贫困县全部摘帽，十二点八万个贫困村全部出列，区域性整体贫困得到解决，完成了消除绝对贫困的艰巨任务，创造了又一个彪炳史册的人间奇迹！这是中国人民的伟大光荣，是中国共产党的伟大光荣，是中华民族的伟大光荣。"当经久不息的掌声在人民大会堂回荡的时候，徐育雄心潮澎湃，热血沸腾！

"八年来，党和人民披荆斩棘、栉风沐雨，发扬钉钉子精神，敢于啃硬骨头，攻克了一个又一个贫中之贫、坚中之坚……在脱贫攻坚工作中，数百万扶贫干部倾力奉献、苦干实干，同贫困群众想在一起、过在一起、干在一起，将最美的年华无私奉献给了脱贫事业。"听着总书记的这一番话，徐育雄更是感慨万千，从十八大召开，他到市对口办报到，到现在，八年了，他全程参与了这项伟大的事业，八年来的所作所为，像电影画面一样在他眼前——闪现，作为一名扶贫干部、全国先进，他感到了从未有过的光荣和自豪，这份傲人的成绩，有他的一份贡献，他觉得这一生就非常有意义了，非常有价值了。

大会闭幕，步出人民大会堂时，徐育雄再也抑制不住内心的激动，平时极少发微信的他，忍不住自豪地发了这样一条微信："坚守八年扶贫路，今获得至高荣誉，此生无憾！"配的图片是出席大会的代表证、获奖证书和奖章，以及自己身穿黑色西装、佩戴代表证和大红花、站在人民大会堂前面的留念照片，赢得了很多的祝贺和点赞。后来，当湖州日报记者远程采访他，请他写几句话时，他写了这样一首"打油诗"："坚守八年扶贫路，跋山涉水百万里。为伟大梦想尽力，于今生无怨无悔。"

全国脱贫攻坚先进个人徐育雄

他再一次说到了"坚守"，再次说到了"无怨无悔"。

"做这份工作，从来没有想过会有这样一份荣誉，做梦都没有想到过。但这份荣誉不是我个人的，而是我们湖州整个的对口工作得到了上级的肯定。"徐育雄谦虚地说。他接着告诉我，我在这个岗位上工作已经八年多了，前几年任期届满的时候，组织上征求我本人的意见，问我接下来的去向，后来机构改革又问我，我都说，我现在的岗位很有意义，我岗位不变，在这个岗位上干到退休。

正如习近平总书记所指出的那样："脱贫摘帽不是终点，而是新生活、新奋斗的起点。解决发展不平衡不充分问题、缩小城乡区域发展差距、实现人的全面发展和全体人民共同富裕仍然任重道远。我们没有任何理由骄傲自满、松劲歇脚，必须乘势而上、再接再厉、接续奋斗。"今年，当徐育雄在对口帮扶的岗位上进入第九个年头的时候，湖州在四川的扶贫协作对象有了新的变化，木里和青川两县退出，在保留广安区的情况下，新结对阿坝藏族羌族自治州的小金县、汶川县和金川县。徐育雄很快又带队去了新的战场，考察、调研，掌握第一手的资料，谋划新的帮扶对策。此外，湖州对新疆柯坪的援助也在不断加强，今年指定吴兴区对口支援，又将美欣达集团引进柯坪，准备在那里大规模发展湖羊养殖业……

珍藏好获奖证书和奖章，徐育雄又开始了新的战斗。他要在扶贫的道路上继续坚守下去。

〔沈文泉，中国作协会员，湖州文学院（湖州书画院）院长、研究员，湖州市作协副主席兼秘书长〕

张开荣：扶贫路上的"拼命三郎"

李　全

　　有许多人，他们肩负使命，远离家乡，把贫困地区当成了第二故乡，开始了他们新的人生，消除贫困，改善民生，逐步实现共同富裕；有许多人，在无数个日日夜夜里，他们夜不能寐，心里装的全是工作，心里装的全是当地老百姓……在田野、村庄、养殖场里，随处可见他们奔走的身影，他们没有豪言壮语，只有把对党的忠诚、对人民群众的赤诚，深深地体现在工作中。他们用血汗与泪水，让贫困的农村发生了翻天覆地的变化。在那里，道路硬化了，农民盖新房了，家家有汽车了，他们也有干净水喝了……在那里，到处都是一片欣欣向荣的景象，一个个村庄生机勃发，处处可见村民们舒心的笑容。

　　他们以"不破楼兰终不还"的勇气，向贫困发起总攻，为落后的村庄贡献自己的力量；他们用脚步丈量土地，用初心扛起责任。他们明知有困难，却迎难而上……

　　他们是谁？他们就是我们最可爱的挂职扶贫干部。他们带领第二故乡的人民奔小康……

　　在这些可爱的扶贫挂职干部中，涌现出了许多可歌可泣的感人故事。他们不为自己，只为当地的百姓着想，他们只想通过扶贫挂职这个身份，让更多的老百姓过上幸福美满的生活。湖州市南浔区善琏镇公共事业服务中心主任张开荣就是这样的一位挂职干部……

陌生土地，陌生语言

2019年2月，对张开荣来说是一段不平凡的日子。因为在春节前，他接到了一个新任务——他将以农业专业技术人才身份到四川广安工作，挂职广安区农业农村局柚办副主任，负责协助东西部协作农业扶贫项目的建设工作。时间是三个月。也就是到2019年5月底结束工作。

接到这个任务时，张开荣是又惊又喜，惊的是他要去一个完全陌生的地方，喜的是一定要在那里放开手脚干，让那里的百姓早日过上幸福的生活，绝不能辜负了组织和领导对他的信任。

春节后，张开荣就告别家人，只身前往广安。这个1989年出生的江南男子，第一次踏入广安这块土地。广安有着"华蓥雄山传英名，嘉陵江水多柔情"的美誉，又是中国改革开放总设计师邓小平同志的家乡。广安还拥有"伟人故里、滨江之城、川东门户、红色旅游胜地"四张名片，是让人望得见山、看得见水、记得住乡愁的地方，但对于张开荣来说，广安是那么熟悉，又是那么陌生。之所以熟悉，是因为广安是伟人的故里，之所以陌生，是因为第一次去那里。

初来乍到，看到广安老百姓忙碌的身影，张开荣就在心里暗暗地告诫自己，一定要完成组织交给自己的任务。尽管张开荣有心理准备，但一踏上广安这块土地，困难和难题就接踵而至。他遇到的第一道难题就是语言交流障碍。广安人一口川话，特别是老百姓，说的全是本地方言。无论是同事还是老百姓，只要他们聚在一起，都用广安方言交流，张开荣像是到了"外国"一样，一句都听不懂，更插不上话。为了与他们交流，张开荣只得比画起来，或者用文字与他们交流。

"要开展好工作，首先得攻克语言交流这一个难关。"于是，张开荣暗自下定决心，要好好地学习四川方言，只有与他们打成一片，才能更好地开展工作。因此，在工作之余，张开荣就找同事或者当地老百姓学习方言，先听、后学、再记、再读。

功夫不负有心人。没多久，张开荣就能听懂部分方言了，还能说上几句，到后来，他不但能听得懂，还十分流利地说了，甚至连当地老百姓听了，都说他的广安话说得十分地道。

张开荣在广安遇到的第二个难题是伙食。川菜以麻辣为主，这对于在江南吃惯清淡菜食的张开荣来说，无疑是一种折磨。因为吃了带有麻辣的菜食，他的嘴角起疱了。

"刚来的时候，生活很不习惯，特别是吃带有辣味的菜食，一吃就上火。"张开荣清楚地记得他刚到广安吃麻辣味的情景，吃一口菜就要喝一口水，尽管是早春二月，但他脸上的汗水就没有干过，几天后，他发现自己的嘴角长了疱，连说话都疼。但张开荣常常告诫自己，一定要克服这个困难。他是来这里工作的，不是来旅游的，不融入老百姓的生活怎么能行？所以，以后每次吃带有麻辣味的菜食时，都强忍着一口吞下去，不喝开水。慢慢地，张开荣不但习惯了吃带有麻辣味的菜食，而且还喜欢上了川菜，偶尔还能炒上几个像模像样的川菜。

牢记使命，三留广安

三个月很快就过去了。三个月说长也长，说短也短，但对于张开荣来说，他的扶贫工作才刚刚起步，如果这个时候就离开广安回湖州，等于他所做的工作要让后面来接他工作的同志再从零开始。这些工作自己才刚刚熟悉，现在就要丢下，张开荣还真有些舍不得。因此，张开荣心里特别矛盾：自己是来扶贫的，是来帮助广安区的老百姓早日过上好日子的，如果就这么走了，肯定会辜负他们的期望，而且自己三个月的努力或许也白费了。

张开荣很想留在广安继续他没有完成的工作。因为他清楚地记得 2018 年 2 月 12 日，习近平总书记在打好精准脱贫攻坚战座谈会上的讲话中说过，打好精准脱贫攻坚战，是他在党的十九大报告中提出的三大攻坚战之一，对如期全面建成小康社会、实现第一个百年奋斗目标具有十分重要的意义。要坚持精准扶贫、精准脱贫，重在提高脱贫攻坚成效。关键是要找准路子、构建好的体制机制，在精准施策上出实招，在精准推进上下实功，在精准落地上见实效。

就在张开荣徘徊不定时，他接到组织上的命令，让他再坚守三个月，到

2019 年 8 月结束挂职工作。

"虽然只延长三个月，但总比现在回去强。可以完成自己未完成的工作了。"张开荣喜出望外，也开始盘算起来，在剩下的三个月里要干哪些工作，先干哪些，再干哪些，最后干哪些。也就是说，从此时此刻起，他得把未来三个月的工作安排得井井有条。

时间像是与张开荣开玩笑似的，三个月时间又一晃而过。2019 年 8 月，张开荣延长挂职的时间到了。按理说，他可以马上回家，与家人团聚。回家团聚，是许多人梦寐以求的事，可张开荣的心里再一次矛盾起来。很多新工作才刚刚开了头，比如指导的湖羊生态基地、跑道鱼基地都还在建设中，教的学生还在学习中，如果就这样走了，那些工作该怎么办？那些学生怎么办？自己可是实打实的畜牧师，如果换一个专业不对口的同志来，又该如何办？

"一定要把那些工作做完做好才回去。"张开荣打定主意，便向组织递交了延长半年挂职的申请，这样，他可以完成未做完的工作。组织上看到张开荣言辞恳切的申请书后，同意他继续留在广安工作。

张开荣第三次申请留下来，是为了遵守自己的诺言。令张开荣没想到的是，他的这个举动遭到妻子的反对，妻子说人家都只去三个月就回来了，你已经延长了半年，完全可以回家。这一次又要延长至少半年的时间。当然，张开荣的妻子是有苦衷的，儿子正在上幼儿园，自己又在石淙镇工作，每天早上五点钟就要起床，开一个多小时的车，把儿子送到幼儿园后，又要急匆匆地赶到单位里上班。如此往来，对于一个女同志来说，身心都会疲惫不堪。张开荣劝导妻子，说他刚到广安时，就给自己许下了诺言："要在有限的时间里，在广安干出一番事业，留下一份产业，为当地老百姓早日脱贫奉献自己的一份力量。作为一个男人，一定要兑现自己的诺言。"

张开荣的话感动了妻子，也得到了妻子的理解。她让张开荣放心地工作，自己再苦再累，也会咬咬牙挺过来。

心系广安，搭接"桥梁"

四川地处内陆，物华天宝，资源丰富。广安区气候温和，四季分明，雨量充沛，土壤多属灰棕紫色土，矿物质营养丰富，土壤有机含量高，特别是龙安乡，非常适合柚子的生长。

龙安柚是广安区的特产，果实中大，果皮橙黄，肉嫩汁多，少核或无核，每年十一月上中旬成熟。龙安柚还具有调节人体新陈代谢、降血压、舒心血、祛痰润肺、消食醒酒、降火利尿等作用，对脊柱炎、脓肿疹、便秘有较好疗效，获得第二届中国农业博览会金奖，并连续五次获全国优质柚类评比金奖，还被中国绿色食品发展中心认定为绿色食品。但是，就是这样一种好的水果，在2019年年底却遇到了销售困难。柚子卖不出去，柚农们唉声叹气，来年怎么办？张开荣看在眼，急在心里。

"看到这么多柚子摆在那里卖不出去，我心里很是不好受。帮助他们销售柚子也是我的扶贫工作之一。"张开荣想了很多办法，帮助柚农们推销龙安柚，先是在朋友圈里发信息，接着又借鉴南浔的工作方式方法，积极对接相关销售平台，比如京东、淘宝。尔后，张开荣又给在浙江工作的同事、朋友发消息，让他们参与进来，发动销售。与此同时，他还给认识的浙江企业家们发消息，并把龙安柚寄给他们品尝，让他们购买一些，再帮助大力宣传……张开荣开动脑筋，想尽一切办法，积极寻找龙安柚的销售渠道和资源。这样一来，柚子滞销的问题迎刃而解，柚农们也实现了增收，纷纷向张开荣表示感谢，都说如果没有张主任的帮忙，他们的柚子卖不出去，只有烂在树上。

拼命三郎，一诺千金

湖羊是中国特有品种，主产于浙江湖州、嘉兴地区。相比于普通山羊，湖羊耐高温、耐高湿、耐粗饲；产子率更高，普通山羊一年只能生一胎，湖羊六个月就能配种，两年能生三胎；湖羊的体重更重，一只湖羊的体重能抵两只山羊；湖羊的肉质更好，口感接近于牛肉。

2018年，脱贫"摘帽"后的广安区，与南浔区结成东西部扶贫协作对口单位，除共建南浔·广安产业园外，湖州还从自身湖羊养殖优势出发，促成了"湖羊入川"。2018年年底，广安建起了一座湖羊基地，存栏一百一十只湖羊。

张开荣清楚地记得，2019年2月，他刚到广安时，每隔几天便去这座湖羊养殖基地进行技术指导。有趣的是，张开荣第一次到湖羊基地时就被人拦住了，对方根本不让进，因为基地负责人叶志文认为像张开荣这样的扶贫干部，根本不懂湖羊的养殖技术，他还认为张开荣年轻，吃不了苦，在广安待上两三个月，就要申请调回去了。也有人在背后悄悄议论张开荣，认为他来这里扶贫只是走走过场，根本办不了实事，也不可能真心实意地为他们办事。

"我是抱着真心来扶贫的。加上我本身就是畜牧师，对湖羊的养殖、生产都有着成熟的经验和技术。"虽然吃了闭门羹，但张开荣并不气馁，他知道只有用真心才能换来他们的信任。于是，张开荣在工作之余，隔三差五地往湖羊基地跑。有一天，张开荣去基地技术指导时，发现几只湖羊不对劲，便把情况跟叶志文说了。叶志文见张开荣说的那几只湖吃草正常，根本不相信他的话。

第二天，那几只湖羊果然生病了。叶志文这才发现自己真的误会了张开荣，马上打电话给张开荣。张开荣接到电话二话没说，马上赶到基地进行技术指导，并对生病的湖羊进行诊断和治疗。几天后，那几只湖羊活蹦乱跳起来。叶志文这才对张开荣刮目相看，并对张开荣翘起了大拇指。以后一旦发现问题，他就立即请教张开荣，张开荣也耐心地给他讲解。

张开荣还告诉叶志文，广安和湖州在气候上具有相似性，温度、湿度、风向都差不多，这就说明湖羊能广安地区生长，但在喂养方面也马虎不得。比如，要尽量保证每天定时定量喂养，而且不能长时间喂养同一种饲料，这样会导致营养不充足。在饲料或者饮水中还应加入一些食盐，这样能够有效帮助湖羊消化食物，还可以增加它们的食欲。随后，张开荣把他的经验和饲养湖羊的方法、标准流程等制作成手册发放到了叶志文和其他饲养员手里，又集中对他们进行技术培训。通过培训，饲养员将学到的知识用于现实的饲养中，使湖羊存活率达到了百分之百。

2019年6月28日，基地的第一批一百二十多只小羊羔出生了。为了让这批小羊羔健康成长，张开荣每天都要去基地进行技术指导，细心照顾。张开荣的举动进一步感动了叶志文。

"一个扶贫干部，一个年轻人竟然对事业如此上心，我们为什么不好好地

张开荣向广安的湖羊养殖户介绍湖羊的特性（罗佳伟摄）

跟着他学，跟着他干呢？"叶志文不由得感叹起来，对未来也充满了期待，他说一只羊从小羊羔到销售出去，可以纯赚七八百元。如果一户人家养上三只羊，可以纯赚两千多元钱。如果一户人家养上十只羊呢？二十只羊呢？那是一笔可观的收入。今后，村里很多老百姓可以不用出远门打工了，就在家乡养湖羊照样挣钱。

第一批"湖羊入川"的成功，使张开荣满脸喜悦，这几个月的扶贫工作总算没有白辛苦，付出终于有了回报。但是，喜悦过后，张开荣又沉思起来，自己只是一个引路人，迟早会离开广安的，这里的老百姓要过上好日子，最终还得靠他们自己，只有变"输血"为"造血"才是正道。2019年10月29日，在湖州市举行的"湖州·广安东西部扶贫协作联席会议"上，广安区和南浔区签订了万头湖羊养殖基地建设合作协议，双方决定携手努力，在广安区建设三个万头湖羊养殖基地，全力实施"湖羊入川"工程和"湖羊致富"工程。

三个万头湖羊养殖基地中，有一个建造在广安区石笋镇，并按照湖羊原种场标准打造，这也是全国首个万头浙江湖羊原种场。

然而，谁都没有想到，2020年初一场突如其来的新冠肺炎疫情，使万只湖羊基地施工进度受到很大的影响。直到三月初才开始复工。对于建筑，张开荣是一个门外汉，刚开始连施工图纸都看不懂。为了使五千只湖羊在六月准时入驻基地，张开荣努力学习建筑方面的知识。白天，他在工地上跟着施工员学习，晚上则用电脑或者手机学习，直到学懂为止，几乎每天都要到凌晨才能睡觉；为了这个项目，张开荣在工地现场的集装箱里连续住了半个月……靠着这股拼劲，张开荣不但能看懂施工图纸，还能提出许多具有建设性的意见；也正是这股拼劲，张开荣和广安干部群众一起创下了三天时间盖十四万块砖、浇筑两千多立方混凝土的纪录，最终，确保了基地建设的按时竣工。

2020年6月8日，五千只湖羊准时送到了广安区石笋镇龙岩村。游汉钟至今记得湖羊入舍当晚的情景。尽管他与其他人提前做了很多准备，但待湖羊送到时，张开荣还是发现很多问题，还是不放心，反复思考如何卸下湖羊，卸完羊后又反复强调，如何处理湖羊的应激反应等，为了保证这批湖羊成功入驻并适应"新家"，张开荣当晚等它们初步平稳适应后才休息，而此时已是凌晨三点多了……

游汉钟是广安区白马乡梧桐村湖羊生态基地负责人，也是张开荣的第二个"徒弟"。虽说是徒弟，其实他们又是朋友。游汉钟说张开荣每件事都亲力亲为，他说过一定要让广安的老百姓富起来，虽然张开荣每天都特别辛苦，但他一直把广安当成了自己的家。三年过去了，张开荣说到做到，一诺千金，没有失言。如今，广安区的老百姓每个家庭加上年底分红，一年收入达到了四万元。这是他们以前想都不敢想的。

恪守承诺，留下产业

有一次，张开荣在参观广安区龙安柚母本园时，看着那棵有着一百多年树龄、已经倒下却依然开花结果的龙安柚，就在心里想，一定要通过自己的努力工作，把这里的产业做起来，除了柚产业，张开荣希望湖羊产业也能像龙安柚一样扎根广安，持续地为广安老百姓致富增收提供助力。张开荣深知自己总有结束援川工作的一天，必须在走之前，建立起长期指导合作机制，把南浔养殖技术留在广安。于是，张开荣积极联系湖州湖羊养殖专家，邀请他们到广安为当地养殖人员授课培训，建立南浔、广安两地养殖专业户联系机制，为广安湖羊产业发展致富提供技术支撑。

在近三年的援川工作中，张开荣先后将"湖羊入川"、助农增收龙安柚产业、"跑道鱼"项目等培育成了产业链。至 2020 年，广安区已有一百多个村集体参与"湖羊致富"工程，建成了七十余个幸福农场（湖羊集中养殖点），存栏三万只。一万两千只湖羊在万只湖羊种羊基地喂养，另外一万八千只分散在广安区的广大农村。如今，湖羊屠宰和深加工项目正在加快实施，后续将引进有实力的企业，借助其市场网络，打造湖羊全产业链。

"工作虽然很辛苦，但只要能让老百姓过上幸福的生活，再苦再累都值得。"张开荣感叹地说，"我希望以后四川甚至中国西部养殖湖羊都可以到广安来买，广安将成为中国西部地区最重要的湖羊基地。"

四十八岁的李红英是广安区石笋镇鳌山村的贫困户，丈夫视力有问题，孩子还在上小学，一家人的生活压力都落在了她的头上。在这种情况下，李红英又不能外出打工挣钱养活家人。在合作社成立以后，张开荣把她招了进来。李红英养过猪、养过牛，唯独没养过羊。但是，规模养羊和家庭小规模养猪不一样，技术要求较高。为此，张开荣让李红英和另外五个人到南浔区学习养殖技术，学成归来的李红英在张开荣的指导下，到湖羊基地工作，每年工资有三万多元，足可以支撑一家人的生活。

"跑道养鱼"是南浔区的优势产业。"跑道养鱼"模式是推动鱼塘里的水二十四小时循环流动，让鱼苗在水流的推力下"跑步健身"，可以有效提高鱼的品质。一条跑道一年可以产两万斤鱼，是传统养鱼的二至三倍，价格比传统方法养的鱼高百分之十到百分之二十。"跑道养鱼"还能净化水质，基本实现尾水"零排放"。广安的首个"跑道养鱼"项目是 2019 年从"全国淡水渔都"南浔区菱湖镇引进的，建在广安区石笋镇鳌山村。整个项目投入两百多万元，养殖面积四十余亩，安装有七条标准"跑道"，主要养殖鲈鱼和鲴鱼。后来，南浔区帮助广安又在兴平镇、悦来镇新建了两个"跑道鱼"养殖基地。

2019年12月8日，石笋镇鳌山村安装的七条标准"跑道"正式投放南浔区提供的鲫鱼和草鱼苗九千斤，半年后出鱼。亩均收益是原来的三至四倍，七条"跑道"年创造产值三百多万元。

尾　声

作为一名南浔派到广安挂职的扶贫技术干部，张开荣时时刻刻心系广安贫困户脱贫致富，在下基地指导工作时，经常与当地的村负责人聊天，介绍南浔在壮大村集体经济，建设美丽乡村中的经验。在挂职期间，张开荣用一颗为广安老百姓服务的真心，将他所学用于产业帮扶中，将浙江农业发展理念留在广安，切切实施发挥了援川干部在东西部扶贫协作工作中的作用。

在近三年的挂职扶贫工作中，张开荣积极与同事沟通交流，下基层走村串户拉家常，和当地老百姓交心谈心，听他们讲难处，帮助解决他们的难题。通过走村入户，张开荣切身感受到了广安贫困老百姓生活的艰辛。正是这份感受让他领会了自己工作的使命，坚定了为人民服务的理念，一切工作围绕百姓做，让他的工作成绩成为老百姓提高生活质量的助力。也正是这份感受让张开荣深知自己工作的责任，坚持工作无大小，把工作做实，让自己的工作对得起人民的期望；也正是这份感受让张开荣对自己的工作充满自豪，工作中所有的辛勤付出，取得的成功，都会转化为老百姓的美好生活！

近三年的时间，张开荣指导建设了六个湖羊种羊循环生态基地，完成湖羊引种六千多只；指导七十五个幸福农场建设和湖羊养殖技术，培训养殖人员两百多人，直接带动近五千户贫困户增收，为东西部扶贫协作贡献了"湖州力量"，先后获得四川省广安市脱贫攻坚先进个人、浙江省东西部扶贫协作突出贡献奖、2020年度"最美浙江人浙江骄傲"提名人物、"全国脱贫攻坚先进个人"等荣誉。他用实际行动践行了一名共产党员为人民服务的最美初心和使命。

如今，张开荣回到了浙江，回到了湖州，继续他原来的工作，但他却时时牵挂着广安和那里的老百姓，他希望那里老百姓的生活一天比一天好起来。张开荣也有一个期望，就是有机会再去广安，看看他曾经工作过的地方，去感受那里老百姓生活的变化。

（李全，四川人，文学创作二级，中国作协会员，湖州市作协小说创委会副主任）

援疆的丰碑——黄群超

张健梅

　　新疆阿克苏地区柯坪县离湖州市四千九百八十公里，是浙江省对口支援阿克苏地区八县一市中条件最为艰苦的一个县。

　　柯坪全县总面积一点二万多平方公里，是湖州的两倍多；人口只有五万，百分之九十六是维吾尔族。

　　柯坪地处南疆，阿克苏地区最西端，天山支脉阿尔塔格山南麓，塔里木盆地边缘，地域广阔，大漠戈壁环抱，它在维吾尔语中的意思是"洪水""地窝子"。然而，那里常年罕见雨水，缺少植被，年降水量不到七十毫米，年蒸发量却有两千八百多毫米，是降水量的四十倍。荒漠、戈壁占了全县面积的百分之七十，只要一遇大雨便山洪倾泻。

　　柯坪是国家级贫困县，每年财政收入不足五千万。

　　2013年8月，湖州援疆干部黄群超来到了柯坪担任湖州市第八批援疆指挥部指挥长、党委书记、柯坪县委副书记。那一年，他四十五岁，年富力强，意气奋发，斗志昂扬。

　　"哪怕身体透支，也不让工作欠账。"这是"拼命三郎"黄群超常挂在嘴边的一句话。

　　工作一天不敢懈怠的他，在2015年8月11日22时20分因积劳成疾突发心脏病，殉职在了离家万里的湖州援疆指挥部的工作岗位上。那里是他援疆的战场，是他带领援友们战斗了七百多个日日夜夜的地方。

　　不破楼兰终不还！

黄群超同志生前工作照

四十七岁，他将生命永远留在了异乡。

"在柯坪的这些日子，他太辛苦了！"时任柯坪县委书记柯旭动情地说，"为了柯坪，群超真的是全身心投入了。"

共产党员黄群超，他用七百多个日日夜夜创造了一个援疆的奇迹，他是湖州优秀的援疆干部，也是柯坪人民的"儿子娃娃"。

2020年1月，柯坪实现脱贫摘帽，退出了贫困县序列。

湖羊援疆脱贫记

2013年8月23日，时任湖州市林业局党委副书记、副局长黄群超接受组织挑选，提前四个月离开湖州，告别亲人，飞跃万里，从太湖南岸来到了天山南麓指导工作，首次踏上了柯坪这块陌生而广袤的土地。

柯坪是国家扶贫开发工作重点县。展现在眼前的情景令黄群超感到震撼：县城很小很旧，农舍破落失修；戈壁、大漠、盐碱地，白茫茫望不到边；虽然在前七批援疆干部人才的努力下，柯坪已有了起色，但依旧没有什么产业基础，连买生活用品、存取钱都要到一百六十公里外的阿克苏市，这里远比想象中更为荒凉落后。那天晚上，他久久不能入眠，苦苦思索怎样来帮助贫困中的柯坪百姓脱贫致富，怎样才能让柯坪同胞和我们湖州人民一起共同奔小康……他起身点了一支烟，坐在黑暗里，"来新疆就是搞发展的"——产业扶贫是稳定脱贫的根本之策；"就算再难，也要用百倍千倍的努力拼出一条路来！"——这是他作为一名共产党员、援疆干部铭记于心的使命，扛在肩头的责任。

"没有调查就没有发言权。"短短一个月的时间，黄群超的足迹就跑遍了全县所有县级机关部门和乡镇村庄，他一步一个脚印丈量着柯坪的每一方土地，开展了周密而详尽的调研，换来了一整套具体又详细的资料。由于气候干燥，极度缺水，黄群超常常流鼻血，但是每每想起维吾尔族老乡困惑而又渴盼的眼神，他就顾不上自己了。有时候调研路上错过饭点，他就在路边摊上买只干馕对付，一个月下来，整整瘦了十公斤。他暗暗下定决心，要带领第八批援疆干部人才共同努力，大干一场，不拔穷根，绝不撤退。时任市援疆指挥部办公室主任朱车生说："哪个乡镇需要什么项目，哪里百姓缺什么，他一清二楚，因为指挥长心里有张清晰的'柯坪急需单'"。

柯坪自然条件匮乏，要寻找合适的产业脱贫，带动经济发展和农民增收并不是一件容易的事，为此，黄群超殚精竭虑，栉风沐雨。他反复研究一批批项目的可行性，之后与省援疆指挥部和县里领导就新一轮援建规划进行商量。

"我找到一个可以大力推广的项目——养殖湖羊！"援友们至今还记得那天黄指挥长黝黑质朴的脸上洋溢着的激动表情。

大家面面相觑，因为没有人知道他什么时候开始关注湖羊，更不清楚他办公桌上《湖羊养殖》的书是什么时候添的，湖羊源自漠北……多胎多羔，繁殖超强……在他如数家珍的介绍下，援友们才恍然明白指挥长俨然成了湖羊专家哩。

原来，黄群超在下乡调研中发现，虽然柯坪的羊肉是新疆味道最好的，发甜无膻味，但是单胎单羔刨去成本无利润。畜牧业是当地的支柱产业，然而当地肉羊繁殖慢，经济效益不明显，产业难以壮大，而湖羊两年三胎，每胎有两到四羔，孕期五个月，生长快又有耐热耐湿耐寒的特性。他还了解到，整个

柯坪的湖羊养殖基地（沈文泉摄）

阿克苏地区每年缺羊一百五十万只，发挥湖羊多胎多羔的优势来做大做强柯坪的羊产业，绝对是一个精准扶贫的好项目，黄群超是这么考虑的。

当他兴奋地把这件事汇报给浙江省援疆指挥部指挥长、党委书记徐纪平时，立马被当头浇了一盆冷水。徐指挥长觉得他异想天开，湖州与新疆相距万里，天时地利完全不同，湖羊到新疆水土不服。而且湖羊援疆已有教训在先，曾有两百多只湖羊来援疆，结果是死的死、病的病，没一例成功。

战友们都知道黄群超一米八的大高个，外表严肃、内心温暖、聪明实干、勇于创新，走起路来风风火火，说起话来声音洪亮，还有一点就是认准的事不撞南墙不回头。很多人都还记得他常说的一句话："不去试试怎么知道能不能成功？"

几天后，一份有关湖羊援疆可行性报告连同具体方案摆在了徐纪平的办公桌上。

又几天后，徐纪平问黄群超："如果我仍不同意，你怎么办？"

"我回湖州化缘去，一个县一个区去跑，一个养羊场一个养羊场去磕头作揖，我告诉他们，柯坪很苦，柯坪人口百分之九十六是维吾尔族，柯坪穷孩子一年吃不上几回羊肉，他们有吃羊肉的权利，我求他们行行好，可怜可怜我这个援疆指挥长……"

从贫困户、古尔邦节、羊肉抓饭说到养羊业是一块价值洼地，市场潜力巨大……黄群超侃侃而谈了半天。

沉吟良久，徐纪平开口了："如果，我说如果省援疆指挥部同意这份报告，你想怎么干？"

黄群超笑了，嘴角因高兴咧得大大的，他大声地保证："报告指挥长，我就把它当作政治任务！"

柯坪县委书记、县长、全体县委常委全票通过，"湖羊进疆项目"被列为了柯坪县 2014 年一号工程。

2014 年 9 月 18 日早上 8 点半从湖州练市出发，一千六百只湖羊带着湖州人民产业援疆的无限深情，经历了一场三天四夜的长途跋涉胜利抵达柯坪，零死亡，无病羊。这是一个奇迹！为了这，黄群超先后三次返回湖州，亲力亲为参与选羊、疫情监测、运输协调，畜牧局三名技术专家全程服务。

湖羊多胎多羔的特性真是没的说，路上还产下了十几只小羊娃子。这可把黄群超乐坏了，他满怀激情，洋洋洒洒写了一首长诗《湖羊援疆记》发表在了《新疆日报》上：

一千六百／群羊启程／三天四夜／人劳车忙／穿越七省／辗转万里／平安进疆／无一夭亡／致富维民／不负众望／广繁快育／扬我所长／湖州情意／感恩中央／民族团结／我愿担当／扎根西域／大爱无疆（节选）

湖羊到了柯坪后，要让老百姓接受也颇不容易，黄群超走村串户地去讲解湖羊的生物学特性和饲喂方法，并出台新政策惠及养殖户。说起这笔账，参与了这项工作的时任产业与建设组副组长周杨晨有话要说："我跟着指挥长，至少给两三百人算过。"

吐尔逊·买买提是柯坪本地的养殖大户，不会说汉语，黄群超带着翻译找到他，尝试说服他养殖湖羊，他有些犹豫，急得指挥长用手比画。后来指挥长说，如果成功了，算你的；万一亏了，算我的。黄群超的诚心打动了他，他引进了一百五十只湖羊试养，黄群超每周都会带技术员上门指导，后来繁殖增加到五百只，其中三百五十只湖羊属于他自己，归还指挥部一百五十只。三百五十只湖羊为他增收十八万到二十万元。他说，他很感谢黄指挥长。

第一年过去，一千六百只湖羊种羊产出了两千三百五十六头小羊羔，并且非常适应新疆的气候。以湖羊繁育推广为主导的"一县一品"产业援疆得到了阿克苏地区和省援疆指挥部的充分肯定。

黄群超把湖州羊场的"企业＋合作社＋农户"发展模式成功复制到了柯坪，并把湖羊的关键养殖技术和人才一并带了去。指挥部还通过扶贫项目免费给每户建档立卡贫困户发放五只湖羊，带动了贫困户脱贫致富。

湖羊多产崽，多赚钱，名气出去了，推广也就不愁了。

农户们常常主动跑到指挥部要"黄指挥长家乡的羊"。

之后，指挥部又从澳大利亚引进了几十只父本杜泊公羊与湖羊母本杂交培育，一只杜泊公羊配三十只湖羊母羊。纯繁湖羊的一只小羊平均日增重九十克，八到十个月才能长成销售，而杂交后的"杜湖羊"出生后一至两个月龄平均日增重达到三百五十克，出生三到三个半月就能上市。杂交后湖羊育肥快，产肉率高，耐粗饲，抗病能力更强，农户饲养周期缩短了，饲养成本也降下来了，成活率还高，大大提高了经济效益。

阿恰勒镇喀拉玛村农民吐尼沙克孜·沙吾提说："养殖湖羊每年能让我增收三千元以上，羊圈里还有价值两万多元的二十二只湖羊。"

如今，"科技公司繁育＋基地杂交＋农户育肥＋企业回收销售深加工"的湖羊完整产业链已完善，柯坪羊肉国家地理标志已打响，快速带动当地农牧民通过湖羊养殖增收致富。

湖羊不仅适应了新疆的生活环境和气候，柯坪纯繁的湖羊连个头都比湖州同日龄的湖羊体型大了一圈。这是为什么呢？原来，新疆日照时间长，湖羊多晒太阳补钙补的。

湖羊援疆，已成为湖州援疆的一个活品牌，一张金名片。

截至 2020 年底，柯坪湖羊存栏量四十万头，湖羊养殖不断增加农牧民畜牧业收入，已成为柯坪的富民产业，托起了养殖户的致富梦想。

一粒种子开出民族团结之花

2015 年 8 月 14 日，久不下雨的柯坪下了雨。天刚蒙蒙亮，湖州市援疆指挥部门口两旁就排起了长龙，几百个群众自发前来送黄群超最后一程，气氛悲痛凝重。许多群众踮起脚，伸长脖子，一个个眼里含着泪水，想看指挥长最后一眼。"多好的'儿子娃娃'，才四十多呀，咋叫这么好的人走了呢？""黄指挥长，我们舍不得你！""我们的好书记呀！"有许多黄群超帮助过的维吾尔族老乡一边抹着止不住的泪水，一边深情地呼唤。

黄同志：盖孜力镇库木亚村的村民们来了，你的"儿子"艾尼卡尔·艾克拜尔来了，吐尼沙汗·肉孜大姐来了……你看到了吗？大家都来送你了，一路走好啊！

黄群超在维吾尔族群众中间（邱建申摄）

盛夏的柯坪连呼吸的空气中都充塞着悲伤。

一个来自江南清丽地的男人，一个到任仅两年的援疆指挥部指挥长，何以能在这么短的时间赢得了受援地人民群众的如此爱戴、如此尊重、如此不舍？那是因为他对这片土地足够的热爱，那是因为他与群众有着割舍不断的亲情，那是因为他牺牲在了脱贫攻坚的征程上，这是维吾尔族老乡对一个"扶贫英雄"给予的最高嘉奖……

这两年，黄群超的足迹遍布了柯坪农村的每个角落，他始终保持着劳动人民的本色，对维族群众的感情完全是亲人式的，连不识字的老农都知道"黄同志"。

在柯坪，黄群超的称呼很多：黄指挥长、黄书记、黄同志、黄兄弟……一声声亲热的称呼，将援疆干部的心与村民拉得更近了。

盖孜力镇库木亚村是黄群超的对口帮扶村，全村九十四户人家他都去过，每一个村民都认识他，大家都说黄群超没有领导架子，他与村民交往交融，情同一家。

六十一岁的木沙·热合曼老伴去世了，唯一的女儿嫁到了伊犁。因没有其他亲人，身体不好，他住进了敬老院。2013年冬天木沙老人发高烧，黄群超得知后去看望他。当时木沙老人起不了身，黄群超看见床前的尿盆，直接就端出去倒掉了……木沙老人说起"黄书记"老泪纵横："哪见过当官的给老百姓倒尿的？真是比自己的娃娃都亲，他就是我的亲人！我的'儿子娃娃'！"

送行的人群中，有一个瘦小的身影，一直低着头。他叫艾尼卡尔·艾克拜尔，十三岁，是黄群超的"儿子"。艾尼卡尔·艾克拜尔是孤儿，四岁时母亲就去世了，父亲外出务工后也失去了联系，他和七岁的妹妹生活在柯坪县福利院。去年，黄群超收养了他，担负起了孩子上学和生活的全部费用。"黄爸爸很爱我，每次来带我出去玩，给我买排球，和我聊天，吃好吃的。"一开口，孩子强抑着泪水。"六一儿童节那天，我们去公园转了转，我感觉到他的手很温暖。又给我买了新衣服，就是这件。我的黄爸爸……"摸着身上的衣服，眼泪终于像断了线的珠子一样滴落在地上。

吐尼沙汗·肉孜大姐是低保户，丈夫因心脏病花光了家里的积蓄，甚至丧失了劳动力。黄群超知道后将他们一家作为结对帮扶对象，大哥有一次住院，他不仅第一时间赶到医院探望，还从工资里掏出一千元给了吐尼沙汗。"黄书记经常来看我们，给我家送钱送药送油送面粉，我的孩子在他帮助下去上大学了，可是黄书记却走了……"站在自家院子里，吐尼沙汗·肉孜大姐一边用维语讲述一边哭成了泪人。

"他走之前三天，还为了我大儿子读书的事情赶到我家里。他交代我们，一定要让娃娃读书，争取念大学，有困难他会帮忙。"有三个孩子的海力力·克热木也是黄群超结对帮扶的困难户。因为家境贫困，他本不打算让十六岁的大儿子继续读书。黄群超得知后，几次专程赶到他家中，千叮咛万嘱咐，一定要让孩子上学。说起热心的黄群超，这个新疆汉子数度哽咽："像天塌了一样。给娃娃说了黄指挥长的事，都哭了。娃娃说，请黄叔叔放心，他一定好好念书。"

库木亚村党支部书记开地尔尼沙·巴哈依丁说，自从黄群超和村里结对后，就经常跑去听民声，察民意，有时一周要去两三趟，"后来熟悉得很，像自家人一样。每家都认识我们的黄指挥长，哪个有困难，他们找黄指挥长。现在村里道路、水渠、房子修好了，我们没来得及报答，恩人就走了，我们村里的九十四户，我们村'两委班子'的人，都不忘我们的黄指挥长，我们永远想他。"巴哈依丁泣不成声，含着两窝泪水望向了天空。

"太心痛了，到现在都接受不了。"许库尔·买买提是盖孜力镇下派到库木亚村的驻村干部，"刚认识时我们把他当领导，后来熟悉了大家都把他当兄弟，就叫他兄弟。不只是村民有困难找黄群超，就连村干部之间有了问题，也请黄群超来解决。我们信他，都听他的！"

2015年4月18日，转自黄群超的微信："湖州援疆指挥部援建的首个农村文化大礼堂柯坪县玉尔其乡玉拉拉村文化大礼堂落成启用，两对维吾尔族新人在大礼堂举办婚礼。目睹百姓喜悦的笑容，感受维吾尔族浓郁而独特的婚庆礼仪，享受民族一家亲所洋溢的幸福，真切地感到援疆的价值所在。"

这天，两对维吾尔族新人还分别收到了湖州援疆指挥部送上的冰箱，新人和他们的亲友感激不已，不停地说"浙江人民亚克西！湖州人民亚克西！"

玉拉拉村的村民阿布都拉·盖依提说："原来我们没有可以看节目的礼堂，黄群超来了以后，给我们盖了这么漂亮，可以看歌舞、可以开会的礼堂，里面什么设备都很齐全，很多村民每天都来。"

......

> 来的时候是一粒种子／离别的时候要满园硕果。
>
> 今天播种一颗友谊的种子／明天定会开出雪莲般的民族团结之花。
>
> ——摘自黄群超的诗

一粒种子！黄群超说的就是自己，一粒种子长成了一棵开花的树，树上开出了民族团结之花。

一粒种子！他用真情和行动浇灌，他把一粒大爱的种子撒播到了维吾尔族群众的心中。

黄群超曾说，援疆，是国家大局，是民族大义。

黄群超曾说，我们每个干部人才都要像焦裕禄一样，融入我们的思想感情，融入到当地各族干部群众中去，把新疆作为第二故乡，把自己当作是柯坪人，而不是一个"过客"。

黄群超曾说："我们提出来要打造一支'走不掉'的人才队伍，不光是我们的援疆人才，不光是带班顶干，而是要通过他们的'传帮带'，带出徒弟来。"

为当地培养一支带不走的人才队伍，黄群超和其他干部人才帮助柯坪建起了"南太湖杏林工作室"，提升了医疗能力；建起了"红沙子工作室"，提升了教育能力的；通过结对子的帮扶方式，每个援疆人才都带起了柯坪徒弟。让柯坪父老乡亲病有所医，让柯坪的孩子得到优质的教育，让党的援疆政策惠及每一个柯坪人是黄群超奋斗的目标。

针对当地教育、卫生资源稀缺的现状，黄群超组织开展"援疆人才基层行"活动，先后十二次带队下乡送教送医，受惠群众达一千二百余人；完成二十二批次八百一十八人创业培训，帮助七百五十五人到外地企业就业，稳定就业率达到百分之九十二；组织开展十多项民族团结活动……

"不是每一朵花都能盛开在雪山之上，雪莲做到了；不是每一棵树都能屹立在戈壁滩上，胡杨做到了；不是每一个人都能来援疆，我们做到了！"湖州市援疆指挥部办公室走廊墙上的这几句话，一直激励着每个援疆人舍小家报国家，倾情援疆！

广电大厦、文体活动中心、文化礼堂、富民安居房、"南疆红"红枣项目、湖羊"引繁育"工程和产业化项目、柯坪湖州双语小学等，已成为柯坪县民生、产业、文化援疆的标志性工程。

两年时间，黄群超针对柯坪基础条件差、援疆资金极其宝贵，力求每个扶贫项目都做到精准有效，他组织实施了三十七个援疆项目，安排了一点五六亿元援疆资金，涵盖产业、教育、卫生、就业、智力支持等多个领域。

鞠躬尽瘁，死而后已。

黄群超还有很多没有做完的事，可是他却走了，永远地走了。

他的一半骨灰回到家乡德清，一半抛撒在了他生前付出最多、最是眷恋的湖羊发展中心、红枣园、红沙河畔和防风林的白杨树下。

黄群超同志，你把四十七载宝贵的生命无私奉献给了援疆事业，你出色地完成了党交给你的任务，用壮丽的生命诠释了一个共产党员对党和人民的无限忠诚，在柯坪大地上铸起了一座不朽的援疆丰碑。

2015 年 8 月，湖州市委追授黄群超同志"优秀共产党员"荣誉称号；11 月，浙江省委追授黄群超同志"优秀共产党员"荣誉称号；新疆维吾尔自治区党委追授黄群超同志"新疆自治区优秀共产党员"荣誉称号。

新一轮援疆大旗正在猎猎飘扬，一批批可亲可敬的援疆干部人才披肝沥胆、呕心沥血而无怨无悔，还有很多很多可歌可泣、感人至深的故事在柯坪大地上发生……

（张健梅，女，湖州市作协会员）

废墟上的援建者

——湖州援建青川马鹿乡采访手记

李　全

2008 年 5 月 12 日的汶川大地震发生后，在党中央、国务院的号召下，全国各地对灾区进行对口支援。湖州市抽调精兵强将三十六人于 2008 年 9 月开始分批入川，支援青川县马鹿、七佛和楼子三个乡的重建。

为了撰写长篇纪实文学《雪溪水，青川情》一书，我于 2009 年 4 月和 7 月两次到青川马鹿乡湖州援建指挥部进行采访。

在采访的过程中，我感慨万端，特别是援建人员的"黑加白，五加二"的工作精神，至今还历历在目。他们援建中的故事在我脑海里挥之不去，拂之又来，特别是其中几件事至今仍时不时在我的脑海里闪现出来……

持续的特大暴雨

2009 年 4 月 21 日晚，我随湖州市文联领导到达了青川县马鹿乡的湖州援建指挥部后，便开始了自己的采访任务。尽管我也是土生土长的四川人，我的老家乐至县也经历了"5·12"大地震，但情况相对来说要好得多，所以，我在看到马鹿乡的景况时，吃了一大惊。

因为刚来，人生地不熟，所以我先在指挥部了解情况，再安排采访计划。指挥部的援建人员每天白天都要出去工作，天黑后，他们才拖着疲惫的身体回来，在吃过晚饭后又要继续工作。尽管他们很累，但还是接受了我的采访。

首先接受采访的是指挥部办公室主任杨治，在我的询问下，他讲起了他们刚入川的那个场景——

　　9月的江南正是艳阳高照、秋高气爽的好日子，青川却是一个多雨的季节。本来地震后，马鹿乡已经疮痍满目，在经历了"8·28"（2008年8月28日）洪灾后，青川县城通往外界的唯一运送救灾物资的"生命线"乔（庄）关（庄）凉（水）公路，多处塌方、落石、积水。上天并没有因为湖州援建指挥部第一批人员的到来给予特别关照，相反，9月7日，也就是指挥部援建人员到达马鹿乡的第二天，特大暴雨就给他们来了一个下马威。大暴雨直直下了一整天，青竹江的水位一涨再涨。他们居住的帐篷成了篷外下大雨，篷里下小雨。11日，又一场大雨如期而至，不但大而且猛，还连续不断。这场雨不但淋湿了援建指挥部每一个同志的身体，也淋湿了他们的心情，因为很多老百姓都还住在帐篷里，一下雨，帐篷里外都是雨水。

　　令指挥部援建人员没有想到的是，9月11日的雨只是这个月里的一场"热身雨"，因为在同月23日晚上，他们才真正领略到了什么叫特大暴雨。23日下午一时许开始下雨，傍晚时分，雨越下越大，闪电及雷声也一起到来。据统计，23日晚上，在八个小时里发生闪电、雷声各两万三千多次。雷声震耳欲

浴火重生的青川（邹黎摄）

聋、地动山摇，好像是在窗口炸响一样，沉闷的震雷往往是在刺眼的闪电后马上到达，特大的暴雨落在板房顶就像是在急擂鼓点……这次特大暴雨造成青川县多处山体滑坡和泥石流。马鹿、七佛和楼子乡的剑青公路、楼七公路二十多处塌方，数百处泥石流，导致公路全部中断，电力也中断……

如此大的雨，如此多的闪电，如此长时间的暴雨，使得青竹江里的水一下就涨了起来，从上游漂下来的树木很多，也很大，还有棺材。

杨治是这样形容的："我们从来没见过这么大的水，也没见过这么多的闪电，更没有听到如此响如此大的雷声。那天晚上，我们是一夜没有睡觉，太恐怖了！"

24日早上，雨仍然没有停下来的意思，而且是越下越大。《浙江在线》在25日曾报道过这次雨后的灾情：

遭受特大地震灾难的青川县，连日来又遭强暴雨袭击，农业生产、基础设施等遭受严重损失……当地权威部门消息，这是特大地震后青川的第一场大暴雨，始自9月23日1时，至24日22时，过程累计雨量为90~172毫米；23日青溪镇一小时降雨三十二点二毫米，24日竹园镇一小时降雨四十六点八毫米。今天不少乡镇仍是大雨。强降雨造成境内多处塌方，泥石流随处可见。石坝、马公、房石、曲河、观音店等多个乡镇路、电、水、通信和电视"五不通"。据介绍，这次强暴雨使当地农业大面积受灾。玉米、水稻、大豆等春作物受灾五万两千亩，成灾两万六千亩，绝收四千七百亩。冲走黑木耳棒五万根、香菇一万袋。引发多处地质灾害，全县共发生泥石流三百七十二处、滑坡一百九十三处、垮方一百三十二处，冲毁耕地七千一百亩。基础设施受损严重。县城乔庄通往成都的唯一主干道上，七十多公里路段塌方断道十二处，凉水—关庄—东河口—马公（乡镇）公路有三十一处断道。全县八十五个移动基站，至今还有二十五个未能抢通；八个乡镇供电中断……

尽管遭遇了如此大的暴雨，援建人员在帐篷里接雨水到天亮，但天一亮，他们又投入到紧张的工作之中。

"不停水不停电，那地不是青川县"

当地老百姓有句口头禅："不停水不停电，那地不是青川县。"连县城都停电，马鹿乡自然就会经常停电。因为经常停电，当地老百姓几乎习惯了，可对于湖州指挥部的同志来说，没有电，也就等于无法展开很多工作；没有电，自然也要停水。自指挥部进驻马鹿乡后，停电停水便成了家常便饭。

水是生命之源，健康之本。小到洗脸、刷牙、喝茶，大到洗衣、洗澡、做饭，都离不开水。但援建指挥部却经历了四天停水停电的黑色日子，即"9·24"（2008年9月24日）特大暴雨的四天里，援建指挥部的每一个人经历了一场生死考验。自9月23日晚上下大雨开始，整个马鹿乡就停了电，接着停了水。青竹江里的水迅速涨起来，又急又浑。往往是刚刚还是清灵灵、蓝莹莹、静悄悄的江水，转眼间就变了模样，浑浊不清、杂物漂流、水流湍急、汹涌澎湃。这就是人们常说的"山洪暴发一瞬间"。

饮用水出现了危机。马鹿乡的自来水来自青竹江。在剑青公路边建了一座小型抽水站，把青竹江里的水抽到乡政府后面的一个蓄水池里，经过简单的处理后就进入场镇上每家每户。蓄水池不大，几乎当天抽的水当天就用完。这一次，雨停后，仍然没有恢复供应电。其实，即使有电，从青竹江里抽上来的水也不能够饮用。

留给指挥部的，只有少量的矿泉水，只能维持一天。

没水就无法生活！

25日，仍无电无水，连手机都没有了信号。整个马鹿乡几乎成了"孤岛"，唯一的通往绵广高速公路的剑青公路被多处塌方的泥石流阻断。

26日，仍无水无电，有线电话也打不通了！

要好好地活下去，这是指挥部所有人员的想法。没有水，可以去找。在当地老百姓的指点下，终于在马鹿乡倒塌的乡政府后面找到一股天然"山泉"。这股天然"山泉"，其实就是下雨后从山上流下来的雨水，比起青竹江里的水要好得多。于是，几个人推着从老百姓那里借来的车子，带上胶桶，把"山泉"接进桶里，再拉回去，向卫生队要来漂白精，放进水里，沉淀后饮用。

27日夜里，终于来电了，指挥部所有人员终于看到了希望的曙光！

扰乱心扉的毒野蜂和尖嘴蚊子

9月和10月是苍蝇繁殖的旺季，其中又以"饭蚊子"和"尖嘴蚊子"为主。"饭蚊子"就是苍蝇，而"尖嘴蚊子"就是叮人吸血的蚊子。"黑猫子"，当地老百姓又称"墨墨蚊"，是一种体积如跳蚤的蚊子，能够灵巧地钻过蚊帐的空隙。

虽然已进入9月，但马鹿乡的天气仍然很炎热，白天的气温很高，指挥部的同志出去工作时都穿着短袖。工作累，他们完全可以克服，最不能忍受的就是这三种蚊虫的骚扰。尖嘴蚊子也趁这个机会，粘在他们的手臂和脚上，被叮一口就是一个红疙瘩。

说到苍蝇和蚊虫，指挥部有一位干部曾记下这样一段文字：

也许"苍蝇、蚊虫"比青川再多的地方在世界上难以找到了，至少在全国绝对是很少比得过这地方的。我有生以来，第一回见识到那样多的"苍蝇、蚊虫"。

夏天，四川的雨季来临前相对干旱一些，这正是苍蝇繁殖的最佳时机。我们的板房顶没有了原先的白色，替代的是黑压压的一片，悬挂着中间的绳子本来就是细细的，这会儿却被苍蝇造型成了黑色的"擀面杖"。早上是用不着手机铃声来叫床的，天刚蒙蒙亮，屋里就会渐渐高涨起"嗡嗡"声，苍蝇自然会把你催醒。

食堂用餐时，每次至少要落入四五个"黑色花椒"。那"黑色花椒"确实太多，我们已经养成了吃饭时"粒粒数"的习惯了，原因就是那该死的"黑色花椒"造成的。用烟熏、电蚊拍已经成了我们吃饭前的必要工作了，收拾那些"黑色花椒"的尸体足足要有一小簸箕。尽管这样熏、拍，也只能"保住"一顿较安静的午餐或晚餐。

说是"黑色花椒"实在地讨厌，可到了晚上有生以来我感觉最恐怖的还是那蚊子、小虫，当房间灯光一亮，它们就浩浩荡荡地从窗子、门隙中想尽一切办法挤进来。不一会儿工夫就会有几百乃至成千上万的"鬼怪式"侵入房间。早上睁眼看那个个肥头大耳的"鬼怪式"，气不打一处来，结果手心粘满的是自己宝贵的鲜血。

没办法，当它们占领房间的所有地域时，只得用烟熏、打药水之类来杀死或驱赶，不一会，地上、床上、桌子上就密密麻麻地躺满了它们的尸体，连下床落脚的地方都没有。

我们苦不堪言，白天、晚间门窗都不能打开，四川人"熏肉"，而我们用蚊香或药水来"熏自己"，只有这样才免得它们的光顾，免得它们来影响我们的工作和生活……

但我相信，明年的夏天不会像现在这样与"苍蝇"伴舞、与"蚊虫"共眠了。

土路通天

2009 年 1 月 14 日，这一天对于楼子乡明水自然村的村民来说，不但有一个好天气，而且还有一件天大的喜事——他们村里与外界通公路了。这是明水自然村首次有了通往外界的公路。

楼子乡是全县两个交通状况最差的乡镇之一，明水自然村又是青川县最偏远的自然村。村里没有电，手机也没有信号，是一个真正与世隔绝的"世外桃源"。明水自然村全是绵延不断的大山，特别是"5·12"大地震后，随处可见震后留下的裂缝、废墟和倾倒的房屋。

从剑青公路七佛段处进入楼子乡的唯一通道就是一条不足三米宽、弯道特多、高低不平、路面坑坑洼洼的土公路，叫楼七公路。楼七公路全长十一点五公里，是楼子乡通往外界的唯一主干道，也是楼子乡的生命线。受"5·12"大地震和随后的余震影响，公路沿线山体多处塌方，阻断道路，后来虽然抢通了，但是路基受损严重，路况极差，遇有车辆交会经常发生堵塞，又因受土质和地震影响，沿线山体极为疏松，遇有大雨经常发生垮塌和滑坡，给道路畅通和百姓出行带来极大隐患。这条不长的道路，德清援建指挥部进入村里平均要花费四五个小时，最长的时间竟花费九个小时，如果哪次两个小时到达楼子乡会感到十分欣慰。

从楼子乡政府前往明水自然村只有一条山路可走。因为路在悬崖边上，又十分陡峭，所以特别难走。明水自然村的村民很少往外走，特别冬天，大家不再出村，几乎与世隔绝。六十二岁的村民李清乡一生中只出过三次村，第一次出村是父母病重，到成都为父母治病，第二次出村是因为他结婚，置办一些结婚用品，第三次出村，是为妻子治病。就是这样一条山路，被"5·12"大地震中断了，村里的人要到外面来，需要翻过七座大山，蹚过好几条小河，还要从悬崖边走……

这更加坚定了援建指挥部修一条从楼子乡通往明水自然村公路的决心。

为了早日修建楼子乡通往明水自然村的公路，使受困的五百多名村民恢复与外界交通，李全明指挥长与德清指挥部的同志多次深入燕子村，实地踏勘明水道路阻断情况。2008年10月的一天，因刚下过雨，导致水位上涨淹没了平时过河的石头。当地陪同干部建议指挥部人员等水位下降后再去。但是考虑到五百多名村民仍困在里面，早一天摸清道路情况，早一天开工疏通，老百姓就能早一天出来。因此李全明指挥长和德清的同志坚持过河，德清指挥部指挥长方凯更是谢绝了当地群众把援建干部背过河的要求，脱掉鞋子，挽起裤管，蹚水过河。当时已近深秋，河水很凉，但是大家毫无怨言，一直深入到道路被塌方的山体阻断处，详细考察了塌方情况，为日后施工积累了第一手资料。其间由于经常需要爬过阻路的巨石，往往只能手脚并用。很多援建干部衣服被刮坏，手和膝盖被锋利的石头碰伤，但是没有一人退缩。

2008年12月，这条公路终于动工修建了。经过一个多月的苦战，于2009年1月14日提前完成，这条在"5·12"特大地震后中断达七个月之久的明水公路终于全线贯通。

在公路通路那天，全村的人都来了，他们站得整整齐齐，一直挥着手，高喊着"感谢你们"。特别是李清乡，他紧紧地拉住方凯的手，不停地说着感激的话"感谢湖州人民，感谢湖州人民"，直到指挥部人员离开，他还一个劲儿地说着这句话……

"我们走时，老百姓非要请我们吃饭，李清乡要用他家里最大的猪腿来招待我们。但我们都婉言谢绝了。"方凯说，"后来，我才知道，他们款待客人的最高礼遇就是用最大的猪腿来招待客人。我们只为他们做了一点应该做的事，没想到会受到如此高的礼遇。"

惊天一跪

2009年4月29日，持续的阴雨天气终于过去，天空也迎来了一缕阳光。这对于援建人员来说十分难得，他们要利用这个很好的天气为衡柏村村民解决饮用水难题。因为衡柏村的村民平时用泉水为饮用水，在"5·12"大地震后，这里的山泉与跃进村一样，都被震断，只剩下少量的泉眼，而且流出来的泉水根本不够村民们饮用。

援建指挥部的吴根新与马善林决定同时为衡柏村村民修建水池和打水井。我觉得这是一个重大的素材，于是，与他们一同前往衡柏村。但是，汽车只能开一半的路程，剩下的一半路程要靠步行。

在我们下车准备步行去现场时，突然，一名妇女抱着孩子在我们面前跪了下来。

这名妇女是衡柏村四社村民刘章林的妻子。刘章林家在修建房屋时，请开拖拉机的邻居帮忙拉石头。谁知，邻居在倒石头时被石头伤了一只眼睛。医治邻居的眼睛花去了一万多块钱，现在邻居又叫刘章林赔偿七万元的损失费，还把刘章林家的房屋地基给敲了，并坚决不让刘章林家重建房屋。刘章林妻子把马善林与吴根新当成了解决事情的人，给他们下跪，让他们做主。这事本来在马善林与吴根新的援建职责范围之外，可马善林还是把她的事情记下来，由指挥部向当地有关部门作了反映。

"因为我相信他们，他们是办实事的人。特别是马工和吴组，我多次见他们到村里为我们办实事，累了也不休息，渴了连水都不喝一口。"刘章林的妻子一边抹着泪，一边说，"这事我已经向村里和乡上都反映过，可很多天过去了，都没有一个回音。湖州指挥部的同志都是好人啊，他们做事讲究效率，又很实在。出了这样的事，我只能找亲人述说。因为他们就是我的亲人。"

面对刘章林妻子的下跪，我心里一惊，俗话说男儿膝下有黄金，只跪天地和父母。如果一个人没有到特别困难的时候，是不可能轻易给人下跪的，她没有给别人下跪，只给援建指挥部的人下跪，可见她心里已经把援建指挥部的人当成了自己的亲人，当成了她可以信赖的人。

这事经指挥部向有关部门反映后，得到了圆满的解决。

住在山顶的人家

2009 年 7 月 14 日，是我第二次来马鹿乡进行跟踪采访和素材补充。在刚来的几天时，我采访了不少人，也补充了不少素材，但最令我感动的是 7 月 29 日这天发生的事。

7 月 29 日，是久雨后一个难得的晴天，天气预报说这天是入夏以来最热的一天。头天晚上，我就接到通知，让我跟随指挥部的农业专家周师傅去楼子乡燕子村下一村民家里。周师傅要帮那位村民解决黄樱椒生病的问题。

令我没想到的是这位村民住在海拔两千多米的高山上。尽管我们早上五点多钟就出发，七点钟到了公路的尽头。我们下了车，开始徒步爬山。尽管我去过明水自然村，但这里的山路比明水自然村的山路还要小，还要难走，有的地方只能侧着身子走，有的地方要抓住旁边的树枝才能过去，更有几个地方我们要连抓带爬，才勉强爬过去。

德清指挥部的小孙以前来过一次，他在路上给我们讲了一个笑话：说有一个杀人犯逃到那里，只待了两天就下山自首。因为杀人犯说他情愿在监狱里待着，也不愿意在这里待一生。虽然这是一个笑话，但我们可以想象出山上村民的生活是如何困难。

我们走走歇歇，翻过了四座山，中午十二点钟才到那个村民家里，大家都累得不想动了。

那个村民得知我们今天要来他家，凌晨两点就背上背篓去山下买酒买菜。上下山对于我们来说是十分艰难的一件事，可他为了我们的午饭，竟然天不亮就下山，然后又冒着摄氏三十多度的高温背着酒菜回来，还比我们先到家，等我们到他家时，他与妻子已经烧好了饭菜，非要请我们先吃饭。但周师傅却先要去地里找黄樱椒生病的原因。于是，我就跟着他们去了地里。站在那块黄樱椒地里，远处是绵延不断的山，在太阳照射下，周师傅顾不上擦拭汗水，很快就找出了黄樱椒生病的原因，并给出了解决办法，这才回去吃午饭。

虽然午饭不是很丰富，菜食还不如一些人的夜宵。但这顿饭对于他们来说是一个奢侈品，因为山上的很多人一年都难得下山一次。即使下山也是去买些食盐之类的日常用品。

吃了午饭，我本来要专门采访这位村民，但我们得马上下山，因为如果晚了，我们在天黑前就走不到山下的公路边，也就无法赶回指挥部。在我们准备离开那位村民的家时，那位村民把上午背上来的饮料非要给我们每人一瓶。说实话，那瓶沉甸甸饮料会压得我喘不过气来。所以，我推辞。可他的好意又难却，最后我从口袋里摸出一个矿泉水瓶子对他说，我有矿泉水。他才不情愿地收回饮料。不是我觉得饮料不好，实在是觉得他将饮料背上山来是一件非常不容易的事。

在吃饭时，我就想给他们一家拍一张全家福，以后可以委托小孙送给他。可在离开时因推辞饮料的事，竟然忘了，好在我给他女儿拍了一张照片和他在地里与周师傅谈黄樱椒的照片。只是他的妻子，一个默默无闻的人，却没有出现在我的镜头里。遗憾，太遗憾了。

下山时，大家都不约而同地拿出二十块钱悄悄地放在他家的桌子上。

废墟上的家园

三年时间一晃而过。"5·12"大地震离我们已经远去，但那惨不忍睹的场面至今还留在我们心里，哭声、呼救声……

经过三年的援建，湖州市援建指挥部造就了一个崭新的青川马鹿、七佛和楼子乡。三乡发生了翻天覆地的变化：崭新的民房、学校、卫生院，一条条宽大、平整而又洁净的通村通社公路……三乡的老百姓在困境中感受到了湖州人民的温暖和热情，感受到了湖州援建人带给他们的幸福和美好未来。

今天，我们可以通过回放的镜头，看到昔日的三个乡与现在的三乡的一个对比。

荒芜的砂石村，无桥无路，流经村里的武陵溪浑浊不堪，终年恶臭，如今溪水明亮，道路宽阔，民房整洁而又白亮。天黑时，村里漆黑一片已经成为过去，如今村里的夜晚如白昼，沿路都是太阳能照明灯。砂石村，一个曾经满目疮痍、被人遗忘的村庄，在湖州援建干部的努力下，呈现出了湖州模式的新农村。

马鹿乡的小学校原在马鹿场镇后面的山上，学生到学校里要爬一百二十多级台阶，一旦遇到雨天，台阶湿滑，最容易出现事故；如今修建在马鹿中学校旁边，两所学校相互呼应，与湖州的学校没有两样。2009年六一儿童节时，楼子乡中心小学的学生们也搬进了新学校，六年级的学生在他们小学生涯的最后几天里坐进了新教室，感受着温暖和爱。这也许是他们一辈子都忘不了的事情，因为他们以前做梦都没有想到会在这么漂亮的教室结束他们的小学生活。七佛中心小学虽在河那边，一座长青桥将两岸的人联在了一起。三乡的卫生院，一改过去那种简陋的设施，如今宽敞明亮，不但配置电脑，还配置了新型医疗器械和设备……

湖州援建的一百二十个蔬菜大棚，像一条长龙在横卧马鹿社区的大地上，如一道独特的风景线，吸引着来自各方的人们。蔬菜大棚里的蔬菜——黄瓜、西红柿、豇豆等，已经不单单是蔬菜，而是援建者的心血，他们把心都洒在这块需要他们的土地上；这不单单是蔬菜，而是当地老百姓的希望和未来。

在三年里，援建人员没有住在宾馆里，先是住帐篷，后来住板房。无论在工地上，在大棚里，还是在村里，每天都能见到他们的身影。他们没有星期天，更没有休息日，即使在晚上，他们都在埋头工作，不到深夜一两点钟，他们绝没有一个人躺在床上睡觉。

他们远离家乡，远离亲人，过着平淡的生活，帮着青川县马鹿乡、七佛乡和楼子乡的村民做着舍身忘己的工作。他们不奢求什么，只有一个愿望，就是让灾区的老百姓过上好日子，有一个美好的未来；他们不奢求什么，只有无私的奉献；他们不奢求什么，只有无私的爱……

一道光，一颗太阳

——记邵晖老师的木里支教日子

朱　炜

2020 年 12 月 23 日，一大箱散发着油墨清香的《吴越风》杂志从德清跨越两千五百公里寄到了木里，因为一位来自德清的邵老师在木里中学支教，她的木里支教日记和她班上的一位名叫欧玛的同学的习作刊登在这期杂志上。一时间，木里中学的老师们都争相阅读，同时也在各自班级跟学生们分享了这期杂志。这一幕，如果不是邵老师有心，坚持记她在木里的支教日记，如果不是她的德清同事们帮她在微信朋友圈转发，希望更多人读到并了解一个支教老师的梦，也许就没有这一次一颗心从异乡到家乡，又带着许许多多颗心返回异乡之旅。在征得邵老师的同意后，我阅读了她的全部支教日记，我开始信服，最好的理解和回馈是把自己的工作做好。很难说，记日记这件事本身没有增加她的工作量。令我感动的还不是日记里的故事，而是她完全出乎自愿，向内求光，求到自己心里的那道光，在她的班里给同学们升起一颗太阳。

"你的心会走路吗？"叶嘉莹先生曾这样反问一个小男孩，"你的家乡在哪里？是否想念那里的亲人？"想念就是心在走路，而用美好的语言将这种想念表达出来，就是诗，所以诗就是心在走路。邵老师呢，对于自己的光，不向外求，向内求，应了这份工作，倍加珍惜，她的日记就是她在异乡与家乡之间来回地走。

二十年前，还是大学生的她，就爱写诗，当时的《莫干山报》就发表过一首她的诗作《莫干山》，"你倦了吗，剑池是那泪水的沉积"，"归来了吧，当我再度走近，感受你的激昂"。这是她的心声，也是她执著地站着，从莫干山站到大凉山的信念。

在邵老师赴大凉山彝族自治州木里藏族自治县支教前，我还不认识她，就像我不认识木里。尽管我能猜想到那边有着多么神奇美丽的自然风光，比我曾到过的稻城亚丁或许更胜一筹，所以被誉为"最后的香格里拉"。是的，当年美国植物学家约瑟夫·爱弗·洛克的游记给了英国作家詹姆斯·希尔顿创作灵感，于是有了"香格里拉"这个动人的名字。迎接这位远道而来的德清老师的，是一张张纯朴的被晒得又红又黑的脸和脸上带着羞涩的笑，以及无处不在的希望。仿佛听到了一个陌生又熟悉的声音在召唤，你已进入"消失的地平线"，你相信什么，你坚持什么，接来下就会看到什么，发生什么。

千里之外，这部真实的日记根本用不着虚构，有一种感动猝不及防。

当德清才是浅秋模样，木里已经满城桂花香。入秋后，天亮得晚，群山隐没，早上六点，木里的学生就开始陆陆续续地往教室走，晨读的时间，天都是黑的，但是日落很晚，晚上七点多，天还是亮的，跟德清有一个半小时的时差。多数时候能见到"小山明灭金重叠"，不知道温庭筠的词，被当地藏族学生用"川普"读来，是怎样的韵味，一定很具民族特色。但不容忽视的是，木里的学生甚至听不太懂普通话，因为他们平时的沟通都是"川普"（四川普通话），所以英语对他们来说是最难的一门功课。所幸木里的孩子们都特别努力，这是第一重幸运。人生中能遇到一个好老师是何等幸运，邵老师愿意成为这样的好老师。这是第二重幸运。她深信，也愿意将这份幸运带给孩子们，当幸运与幸运相加，改变一些孩子的命运并非遥不可及，如若幸运越变越大，也是未来可期。

因为原貌原样，原汁原味，所以可信度高，可读性强。邵老师日记中的主角是木里的孩子。她用一幕幕出乎意料，一次次震惊，一个个个体记录下了她感受到的视角，然后跟踪这些孩子的成长轨迹，支撑起她支教事业的"高光"。这些孩子来自不同的少数民族，以藏族和彝族最多，他们拥有最纯净的眼神，明亮、质朴，就像一汪泉水，直击内心。

欧玛，口语尤其好，能看着音标拼读出一些很难很长的单词。她向欧玛竖起了大拇指，有一瞬间，她看到欧玛的眼睛里有光闪过。语文老师给邵老师看了欧玛的作文，有一段写道："我是很喜欢上英语课的，但是很遗憾，由于怯场，我从未敢在英语课上站起来主动回答问题。在本周的某一堂英语课上，我努力地克制住紧张到极致的心，终于将那一段小绕口令读完，坐下的时候，我竟然浮现出一种重获新生的感觉。"

甲若，是一个纳西族男孩，从第一节课开始就引起了邵老师的关注。他坐在最后一排，上课很安静，也从来不睡觉，但是对英语真的反应比较慢，几次叫他回答问题，他只是腼腆地不开口。一次，他拿着干干净净的作业本来交作业，被问道："你告诉老师，你的英语基础有多少？"他红了脸："我只会ABCD。"邵老师当着他的面，一题一题地跟他讲了五题，问他："有没有明白？"他诚实地说："我不明白。"又问他上周的音标有没有听懂，他骄傲地回答："我都认真听了。"看着音标，他大致可以把单词拼读出来。邵老师大大地表扬了他，并且让他说一个纳西族的"你好"给她听。他又红了脸，说了一个她完全听不懂的词。"你看，你说的，老师也听不懂，因为我也是没有基础，但是有了基础，我一定会慢慢听懂的，你也一样。"邵老师深知像这样的孩子，她的班上有很多。

班长降初玛，是个要强的孩子，无奈基础实在太差，又不会说普通话，每次都小心翼翼地跟邵老师说着"川普"。邵老师不止一次鼓励她："你比别人要多做的一件事，那就是坚持，你在走上坡的山路，一定会比别人累，但是到了山顶，看到的风景会让你觉得一切都值得。"

尽管早有心理准备，现实还是略微残酷了一点，面对大部分只有英语字母基础的孩子，邵老师根据他们的作业情况，及时改变了教学方式——只有接受他们的不优秀，才能让他们变得优秀。虽然他们的作业错误率很高，考试结果总让人伤心，但这些可爱又"可怜"的孩子就像蜗牛一样慢慢地留下自己的痕迹，这也是点滴进步啊。第一个月的英语学习接近尾声时，邵老师尝试让学生们用一些形容词来描述一下她这个"新老师"，学生们的回答大大超过了她的预期，"beautiful, kind, patient, enthusiastic, energetic, hard-working……"她问道："我真的有那么好吗？"全班异口同声大声地说"yes"。这让她再次觉得，但凡付出了努力和真诚，让孩子们对英语充满热爱，也是一件好事；让每个孩子对自己有信心，比什么取得好成绩更重要。分数毕竟是一时的，学习却关乎一生，现在的每一天都是在为学业为未来为人生打基础。

看到孩子们的踏实与认真，她决定放松心态："我唯一的希望不过是在一年半后把这个班交到另一个老师手里时，他（她）会觉得，这些孩子基础很扎实，也许这就够了。"可贵的是，她没有回避她的心理建设。这个出发点，本不卑微，不影响崇高。邵老师是名师不假，但她也是凡人，不善于创造神话。

真的这就够了吗？月考成绩出来后，孩子们大约觉得这次考得不好，邵老师会发脾气，恰恰相反，她没有责备一个孩子。虽说教无定法，但是这些孩子不是试验品，只有在前行的道路上不断发现问题，不断改正错误才能真正帮到他们。也许，这才是支教的意义。

来木里的第八十二天，邵老师的桌上摆放了一本讲述木里中学改革历程的报告文学——《天边的学校》。她在翻该书时感动得流泪了。一所县中通过二十年的不断努力才取得在外人看来平淡无奇的成绩。然而，只有亲自参与了，和孩子们一起成长，才能体会这份成绩的来之不易。记得在英语课上，她曾问木里的孩子有没有去哪里旅游过，答案最远的地方就是木里县城。人们总说，山里的孩子如同天边的星星，远远望去微不足道，但置身浩瀚苍穹中，他们也在努力发光，向往山外的世界。正是这些星光吸引了作者贺小晴，也吸引了邵老师来到木里中学。

邵老师对木里的描写是怀着极其真挚的情感去体味，以诗意的语言和白描的手法去表达的。可以毫不夸张地说，她的日记某种程度上是她班上的第N个孩子。"你有多久没有见过漫天的繁星？就像一张黑丝绒毯上缀满了亮闪闪的珍珠，然后又铺天盖地地笼罩在你的头顶，仿佛触手可及，却又遥远得不敢想象。星星只管在天上，狡黠地眨着眼睛，有几颗亮得分明，有几颗若隐若现。仰头看天，看到的是明亮的星河，在海拔四千三百米的高原，终于又回到了小时候的夜空……"这是邵老师笔下的玛娜茶金，她曾问她班上的黄尼玛和金扎西有没有去过玛娜茶金看日出，他们都一脸茫然，害羞地摇头表示并没有去过，除了家乡和学校，他们没有去过其他的地方。每次这样的对话都让我心酸，这些没有看过外面世界的孩子，坚守在自己的梦想里默默努力。

转眼到了2020年收尾的一天，"听写还是有两个孩子没过，也算是给2020留了一点小遗憾。对过去岁月里的自己说一声'辛苦了'"。

木里日记里还记录了升旗仪式上表扬凉山州一次高考诊断性测试优秀学

生的事，参考性还是很强的。在这次模拟高考中，有二十一个学生上了重点本科线，上普通本科线的学生实在有点数不过来，站得密密麻麻，肉眼可见人数可观。如邵老师者由衷地希望这些孩子在正式的高考中也能一样披荆斩棘，考上自己心目中的大学。

邵老师任教那个班的孩子高一期末英语成绩从年级倒数第一变成了普通班的第二名，因为他们说"不想让老师失望"。

"老师，你明年还要教我们班啊。"2021年新年的一天，班长拉初让邵老师打开盒子看看，天哪，里面是一件漂亮的藏袍。孩子们七嘴八舌地喊着："老师，你明天穿来嘛。"邵晖都不知道该怎么感谢才好，走出教室，还听到孩子们在喊"老师，你明年一定要教我们班啊"。

在木里支教的生活是艰苦的，但是跟这些孩子在一起是快乐的。木里中学此前没有运动会，木里孩子们的青春啊，一如当地随意开放的野花和任意生长的蔬菜还有时不时探出脑袋吓你一跳的牛羊，有点心酸又有点滑稽。围绕在学校周围的大山有着静默的力量，让每一个来此支教的老师沉淀、净化、升华，也令每一个结束支教的老师恐怕无法坦然地离开。

须知，现实中，我们缺的不是诗和远方，我们缺的是对于当下的坚持和努力。一个人总要心中有光，学会了集自己的光，发自己的光，才能做自己的乃至他人的太阳。木里的太阳很给力，早早地就上工了。

（朱炜，浙江省作协会员、省作协"新荷计划"人才，湖州市第四届优秀青年文学作品奖获得者）

翱翔在柯坪的鹰古丽

王麟慧

　　钱小英最美的样子，是在杏子树下长发飘飘，金黄色的落叶铺满了大地，像是刻意撒上去的。这暗示了她的职业——教师，注定了桃李满天下。钱小英给这张照片的题字是："缤纷落叶的时候，鹰古丽变柔了。"拍这张照片的时候，钱小英正在新疆阿克苏地区的柯坪县"援疆"。我仿佛听到了风沙掠过她发际的声音。

　　钱小英很幸福，这是我采访她的那一天强烈感觉到的。这样的幸福，对每个人女人来说，都是毕生追求而不易得的。作为女人梦寐以求的事业、家庭和爱人，钱小英都有了，而且有得很实在。相信了解这一切的女人，都会"羡慕嫉妒恨"。

　　钱小英是湖州市南浔区锦绣实验学校的老师，作为湖州市技术人才，她成了新疆阿克苏地区柯坪县柯坪湖州双语小学的副校长——简单说，她目前在"援疆"。

　　采访她是在江南名镇的南浔，很巧，她先生也在。说起来，我以前写文章不太擅长刻画人物长相，除了是弱项还有怪癖，内心里窃以为，人的外貌总不长久，唯有内心才可永恒。而对于钱小英的先生，我忍不住开篇就要当一回"外貌协会"的会员。在机关里当领导的陈先生，简直是帅呆了。无可挑剔的五官，自信从容的谈吐，挺拔的身姿，加之采访期间，不时殷勤地往水杯里续水的动作，无不透露出男人的魅力。我不太在乎人的长相，因为我感觉人太漂亮容易被宠坏，尤其被宠坏的男人最不靠谱。可是，钱小英的丈夫是个例外，他对妻子的深情，在生活、工作乃至社交方面，都有无微不至的体现。一见面，他就这样说他的妻子："女儿眼里的好母亲，父母眼里的好女儿，公婆眼里的好媳妇，丈夫眼里的好妻子，学生眼里的好老师。"陈先生说这些的时候，我特意好好看了钱小英一眼，她的微笑很淡定，像天边的祥云。

说到妻子的智慧和大度，陈先生赞赏有加。女儿读初中的时候，大家都在给孩子找补课老师，好学的女儿有危机感，钱小英的态度很明确："读书其实跟吃饭一样，吃饱了就好。"何况女儿每次考试，都名列前茅，科学甚至考了满分。"放任"是妻子的智慧，她培养女儿，秉承了古人的"无为而治"。有时候，女儿做作业到深夜，钱小英不仅可以安心睡觉，女儿还会给母亲盖被子，这样的"小棉袄"钱小英穿着，不嘚瑟才怪。

我想起第一次在柯坪采访钱小英，她真的不善言辞，跟我心目中老师侃侃而谈的印象相去甚远。我想起平时朋友间闲聊，说起老师大家都调侃，找老婆千万不能找老师，要不然一辈子是学生，讲的就是老师的嘴皮子。而钱小英恰恰相反，她面对采访语言近乎吝啬，要记者像挤牙膏一样。可是，说起她的女儿，钱小英瞬间就活跃了。

女儿陈卓沁，在钱小英眼里是最贴心的"小棉袄"。说起"小棉袄"，钱小英滔滔不绝："女儿读初一、初二的时候，我周末会跟朋友'打红五'，女儿就在旁边做作业，她的'抗干扰'能力特强。初三下半年，女儿以优越的成绩直接上了尖子班，没想到，缺课还是考上了湖州中学的理科实验班。"说到这些，钱小英脸上溢满了自豪："我在的时候，女儿的成绩在年级是六十多名，我'援疆'了，女儿的成绩跃到了年级的二十名，班里的前六名，这全是老公的功劳啊！"

说钱小英"情商"高一点不为过。女儿懂事，为了不让"援疆"的妈妈分心，她学习更加努力自觉，成绩比以前进步，这里有父女俩的努力，而功劳却被冠在了先生头上。有谁这样善解人意啊，也就是钱小英了。

从钱小英女儿给她的那些信里，不难看出老妈在女儿的眼里是个特"阳光"的人，这样的"阳光"品性，女儿"照单"全收了。钱小英说到刚报名"援疆"那会，她去学校接女儿，那天正好是女儿考试结束欢快地出来，却在妈妈握着她手的一刹那感受到了什么，她一脸的惊慌，等知道妈妈已经报名"援疆"，她的反应异常激烈，她想不通，妈妈为什么好好的工作不做，偏要去那么艰苦的地方，远离家人自寻苦吃。她把自己关在房间里哭了一夜，连夜给妈妈写了一封信。钱小英说，当她看到信的时候，女儿已经把害怕和伤心自行消化了。也幸亏如此，要不然她当时看到女儿的信，说不定就动摇了"援疆"的念头。好在这仅仅是个"说不定"。第二天，女儿就在安慰老妈了："如此这般，你的阅历丰富了，我的经历也多了。"

很显然，女儿陈卓沁发扬光大了母亲的"情商"，每次钱小英探家返疆的时候，女儿都会悄悄地把一封信藏在最隐秘的地方，告诉她，只有到了新疆才准拿出来看。而这些贴心的母女私房话，滋润了钱小英在异乡的每一个日子。用钱小英的话说，这个在电话里嘻嘻哈哈的小女孩，学会了报喜不报忧，为了让妈妈放心，她还给自己定了学习目标："要考入'211''985'的重点大学。我喜欢法学，希望能通过努力成为一名律师。"

为此，女儿告诫自己："很多人早上起床后，糊里糊涂地过完了一天，不知道生活的目标是什么，总在等待机会的到来。而我每天都有目标，从不期望会有大鱼撞到自己的怀里，不管别人怎么摸鱼，我只管捕自己的鱼。"

很可惜，我没有采访到钱小英的女儿陈卓沁，这位湖州中学的高才生，是钱小英最引为骄傲的资本。那些贴心的话总是在耳边。

"你总教我，女人要学会装柔弱，这样有人疼，当时我只觉得好笑，总说做人就要坚强，我能做到的为什么要假装？哎呀！我不行啦！现在想来，这句话可以原封不动说给你听，你也就装下柔弱，想哭就哭，累了就休息，疼了就喊一声，为什么要死撑着呢！"

钱小英在新疆正经历着前所未有的干渴和风沙，还有工作压力大到连牙齿都松动的时候，女儿的这些甜言蜜语，让钱小英"我心飞扬"。

钱小英"援疆"的那段日子，她先生写过一篇深情款款的文章《守望》。篇幅所限，我只能像切豆腐干一样切几段陈先生的语录：

"新疆、柯坪，传说中丝绸之路，大漠难见孤烟；没有长河，唯有烈日、沙尘暴的肆虐、地震的袭扰、盐碱的水质以及让人担忧的社会治安。"

因此，陈先生的"担忧，常挂在心头"。

"白天，工作忙忙碌碌，丰富而充实。每晚回家，因女儿住校读书，除了自己，家中便空无一人，常常以"举杯邀明月，对影成三人"来自我排解。

因此，陈先生学会了"孤独，与自己分享"。

读陈先生的文章，我想起钱小英曾经在微信里的话，才感觉，钱小英为什么能在新疆如此坚强和优秀，"一切皆有原因在"。

如此优秀的女儿，如此体贴的丈夫，钱小英不幸福也难。带着这样的幸福，钱小英"援疆"，就如"风沙掠过发际"了。

想起第一次采访钱小英，走进她在湖州"援疆"指挥部的宿舍，不见其人，性别已一目了然。烟灰缸拿来种花，是钱小英的专利，足见她对于生命的热爱。虽然是小花小草，在干燥的柯坪不太好生长，但是浇之于水，给它们阳光，它们也是可以灿烂的。只是这样的灿烂，更多的是依赖育花人的心境和情趣。钱小英到了柯坪的"柯坪湖州双语小学"，教学和工作环境跟以前大相径庭，其艰苦自不必说。因为各种原因，她临危受命担任副校长，行的却是校长的责，最忙的时候，一天要开七个会，材料写到欲哭无泪。因为学校有汉语部和维吾尔语部之分，一个会要开两次，出考卷要四套，连续加班二十一天

钱小英支教的柯坪湖州双语小学（邱建申摄）

不休息，加上她还有模式二（语文、数学用汉语，其他学科用维吾尔语）的教学任务，老师不够的时候，还要顶班当代课老师，教的还是非本行的语文，其忙可想而知。我很想看看钱小英是如何跟她口口声声的"娃娃"相处，因为时间关系，学校里的那个钱校长，课堂上的那个钱老师，我都没有机会见到。我所知道的钱小英，是到了柯坪后她会告诉自己"恐怖分子不代表新疆人民，可以愤怒无须恐慌"，所以她对自己和关心她的家人朋友说："最危险的地方是最安全的。"尽管如此，新闻里对新疆形势的报道，对钱小英没有影响是假的，但她有足够的心智面对，她在微信里这样告诫自己：

"无法想象，校书记吐出一口血后，从容擦去，继续安排工作；无法想象我的同事，批改测试卷到深夜两点，第二天照常上班；无法想象沙尘暴来临，因彩排而不好意思戴口罩，第二天口吐灰尘。"

而记录这些的钱小英，她自己的状态是"经常忙得要哭"，加班忙了摘几个杏子解渴，饿了买个馕充饥，继续写材料。在百分之九十七是维吾尔族学生、百分之三是汉族学生的学校里，钱小英如此忙碌和辛苦，自然是"援疆"之前没有想到的。

其实，无法想象的又何至于此？

因为语言上的障碍，钱小英精心准备的课件没有收到预想的结果。简单的一道算术题，比如"一件衣服多少钱，一条裤子多少钱，如果买四套，一共多少钱？"全班居然没一个学生能答上来，钱小英的受挫感可想而知。只是，钱小英慢慢适应了柯坪的教学环境，理解了她的"娃娃"们，才发现这些孩子满身的艺术细胞，顽强的自理能力，良好的人际交往能力，似乎远远高于内地的学生。尤其是当钱小英家访，看到一个家庭有三个孩子没来上学，才知道，对于维吾尔族孩子来讲，能进学校读书，才是当务之急。特别是柯坪附近发生暴恐事件的那段日子，孩子们都不来学校了怎么办？必须请孩子们回学校。尽管学校领导不让钱小英参与家访，钱小英还是以无比的勇气，深入到事发地的学生家里。当学校领导在众多的维吾尔族人中看到钱老师那张标准的汉人脸时都惊呆了。钱老师的行动感动了家长，学生们陆续回学校了。

钱小英最津津乐道的是她的学生。当那张黑乎乎的小手伸上来，递给她一块咬过一口的饼干，当孩子用省下的零花钱，给她买来发卡，当孩子们抱着她，摸着她的长发，喊她"线老师""千老师"，钱小英完全把自己当成了他们的母亲。她的一腔柔情，终于有了一个宣泄口。她把对女儿的爱，倾泻到那些孩子身上，而钱小英却只字不提她对学生有多好，我只能从钱小英的微信里看出蛛丝马迹。

比如去年6月9日，405班最优秀的"娃娃"给他的"线"老师送来了杏子和字条：

"'线'老师，你好，我是你的同学古丽巴努，老师和爸爸妈妈希望报答。'线'老师，我真的喜欢你的上课。"就是这个学生，立志要报考新疆班（类似于内地的重点中学）。

四年级的维吾尔族孩子，能有这样的汉语水平，已经不错了，尽管稍不留神，把钱写成了线，还把老师变成了同学，可是，这又有什么关系呢？看的人明白，心意更一目了然。这样的温情让钱小英更多地想到了自己的女儿。她说，女儿自打她"援疆"以后，就自觉地把QQ下了，有一次考试成绩不理想，就把手机交出来了。就是这个自觉的女儿，有一次不是在约定的时间给她打电话，她就知道有情况，果然，女儿一开口，就哇哇大哭："妈妈，你什么时候回家，我想你。"原来女儿物理考差了，数学没考好。钱小英马上安慰："没关系，就是考不及格都没有关系，只要会了就好。"钱小英对女儿的学习要求，只要稳步前进就好。

来到新疆的钱小英，什么时候变成了"鹰古丽"，我不得而知。我查了一下，"古丽"在维吾尔语里是美丽的花的意思，像花一样的鹰，往平常里说是入乡随俗吧，拔高了说别有一番深意。这样的率性，多少可以看出钱小英对于"援疆"那段经历的看重，因为这将是她生命中最难忘的一段岁月，她且乐且珍惜着。

从钱小英的微信里，我看到更多的，是一个柔美女性的情怀。

钱小英正是以江南女人的柔和骨子里的刚，践行着一个女人、一个母亲心中的梦想。

由此，她被评为柯坪县"优秀共产党员""最美援疆干部"、阿克苏地区"优秀援疆教师"、湖州市"最美湖州人道德模范"提名，她的事迹，被多家媒体报道。就在我采访钱小英的前几天，她刚刚获得了"浙江省第一届人才传帮带大赛"的二等奖。不容易啊，全省六十多个"援疆"干部参赛，原本柯坪派两个人参加的，因为一个选手受伤，变成钱小英孤军奋战，在别人都经过预选，而她直接参赛的情况下，她以实在、感人的演讲获得了好评，取得了二等奖。

我相信每个母亲的内心都有一团火，而"援疆"则点燃了钱小英内心的火花，让她把职业的、生活的母亲都演绎得异常精彩，从而发出璀璨的光芒，照亮天空，润泽天下的孩子。唯其这样的母亲，才是最美丽的。

（王麟慧，女，曾经的媒体从业人。中国作协会员，湖州市作协散文创委会原主任）

高山上传来的竹海飞歌

——记安吉帮扶遂昌高棠村干部毛自树

白锡军

记得那年初相识　与你邂逅在大竹海

留在竹林的印迹　事隔多年是否还在

梦里依稀回到了　与你相逢的大竹海

看那时光匆匆竹青青　只是容颜已改

一根竹笋破土而出　可以长成一片大竹海

一颗心如果冷却多年

是否还有可能从头再来

好想和你去看海　看看那片大竹海

那回荡在竹林的清风

就是我对你声声的呼唤

好想回到那片海　回到那片大竹海

那漫山摇曳的竹影

就是我思念你的心海

——《大竹海》

到高棠村成为对口帮扶驻村干部后，毛自树的手机铃声就换成了《大竹海》。这是他最喜欢的歌曲，歌里唱的就是他的第二故乡：中国竹乡安吉。

当年农校毕业后，毛自树从家乡江西赣县来到安吉工作。在安吉，他认识了一位温柔美丽的安吉女孩，情投意合，结婚后生下可爱的儿子，一家人其乐融融。

高棠村，离家将近三百公里。每当他到海拔八百米的高山种植基地，和村民一起劳动时，总会出神地望着安吉的方向——越过重重大山就是安吉的大竹海，那里有他思念的家人。

2018年，根据《中共浙江省委办公厅　浙江省人民政府办公厅关于做好新一轮扶贫结对帮扶工作的通知》的精神和总体部署，安吉县结对帮扶丽水市遂昌县应村乡高棠村，成立了扶贫结对帮扶工作组，时任安吉县委常委、湖州省际承接产业转移示范区安吉分区党工委书记徐卫勇同志任组长，时任湖州省际承接产业转移示范区安吉分区党工委副书记章毅同志为组员，时任安吉县天子湖镇综合信息指挥室主任毛自树同志为常驻组员。

2019年1月3日，是毛自树到高棠村正式报到的第一天。应村乡位于遂昌县北部，距离安吉要开四个小时的车，下高速后再开半小时车到村里，盘旋而上，海拔从五百到一千两百米，破旧的土坯房在峡谷两侧随意分布。路上鲜有车辆，村里村民活动较少，且多为老人。这是高棠村给毛自树的第一印象，也使他初步理解了为什么这里需要"帮扶"。

在应村乡政府稍作休息，再往山上走十公里，就到了安吉县对口帮扶的高棠村。村子距离遂昌县城四十五公里，共有三百四十五户人家一千零三十七人，分为十七个村民小组、八个自然村，其中共产党员四十一名。村域面积十七点三五平方公里，其中耕田七百六十亩、山林两万一千八百十三亩，森林覆盖率百分之九十以上。

小康不小康，关键看老乡，带领村集体经济发展和帮助低收入农户脱贫，是安吉对口帮扶工作组的目标。根据实际情况，工作组在高棠村以"四个一"建设为抓手开展对口帮扶，即"建强一个组织、建美一个乡村、培育一批产业、带富一方百姓"。工作组统筹协调，安吉县协力推进，常驻成员毛自树负责具体落实。

截至2020年12月31日，安吉县对口帮扶两年的成果可以从一组数据来体现：村集体收入从二十四点八二万元增加到三十九点二八万元，其中可持续经营性收入从二点零一万元增加到十五点二万元，村民人均收入增加近五千元。

毛自树是民进会员，为人热心开朗，工作扎实，执行力强。这次参加对口帮扶工作组，家里的一切都扔给了妻子，他心存歉疚，只能以认真做好帮扶工作来回报妻子的担当。他更深知自己代表的是安吉，只有做出成绩才能为安吉争光。

做为常驻组员，他做的第一件事就是融入当地老百姓的生活。三百四十五户的村子，低收入农户就有五十多户，青壮年出外打工，绝大部分家里只剩下老人和小孩。

如果村子富裕了，家门口可以赚到钱，青壮年就能留在家乡，老人和孩子

毛自树走访高棠村低收入农户（陈玉兰摄）

都能得到照顾。怎么样才能带领村集体经济发展和帮助低收入农户脱贫？他和工作组的同事们一户一户进行走访，一点一点了解情况，掌握民情，挖掘村集体经济可发展资源。

最初工作组想通过引进企业来帮助当地发展产业、解决就业，帮助低收入农户增收。但在连续一个星期的走访调研之后，大家否定了这个方案，因为高棠村大部分低收入农户的致贫原因都是因为年纪大或者是生病丧失劳动能力，村里也没有发展工业企业的优势资源。

光拨付扶贫资金也不行，那样只能解决暂时的问题，是"输血"。要想真正脱贫并良性发展，需要提供"造血"能力。

经过反复研究和对接沟通，工作组最终决定走"产业扶贫"之路，依托现有自然条件，打造四十五亩蟠桃基地，让村民看到帮扶成果，提高积极性，然后再进一步发展。

产业发展是主线，帮扶措施要到位。工作组和当地政府一起定下方案，实行分类帮扶措施，像钟兆富、郑全利等有劳动能力的引导家门口就业；没劳动能力的通过由村里统一种植产生效益再分红，首先是由村集体统一帮扶种植十五亩蟠桃，效益产生后，将利润分给农户达到增收目的。

反正吃住都在村里，毛自树就天天到山上去转悠，他发现蟠桃树刚种下去时因为苗还小，间距大，土地资源是个浪费，而且除草成本高。请教过农技专家后，毛自树与蟠桃种植户商量，套种"浙薯33"番薯新品种，当年就为全村增收八万余元。

果实长出来要变成钱，需要销售渠道。得益于安吉县的大力支持，工作组采取多种形式"消费扶贫"。2019年通过线上和线下直销等方式为农户销售遂昌番薯干、番薯系列产品五百份，价值约五万元，并在安吉县举办的"年货节"上专门安排展台销售遂昌名优产品。2020年通过安吉县供销社等部门牵线搭桥，举办"山海消费协作"大联展等活动，促成遂昌县农特产品在安吉入柜上市，帮助村里销售蟠桃、红薯干。

扶贫先扶志。安吉县帮扶工作务实、踏实、真诚、高效，赢得了高棠村民的信任和赞誉，村民们积极配合村干部，参与到对口帮扶项目中来，村容村貌、精神面貌焕然一新。

毛自树在村民眼里就是自己人，知名度很高，有时候出门办事，乡里和遂昌县的一些陌生群众也会主动和他打招呼，"毛乡、毛乡"叫得很亲热。

对口帮扶的时间是有限的，打造一支素质过硬的村干部队伍，做好传帮带，带领村民走上持续的富裕之路，才是扶贫的意义所在。

要说高棠村干部，也值得赞扬。村两委班子有八人，但专职的基本就村主任。因为没有钱，村里欠了他们好几年的务工费，都要养家糊口，没有工资，只有各忙各的事，赚钱养家糊口了。现在来了安吉县对口帮扶工作组，村两委班子成员重新聚集起来，各自把赚钱养家的任务交给爱人，自己做村里的工作。大家相信，在安吉县的大力支持之下，高棠村集体经济会发展起来的，到时村里有产业，村民有钱，就不用到外地谋生，高棠的孩子们就不用再当留守儿童了。

这样的信任，让工作组感觉压力更大，却也更有动力。

在乡党委、政府的领导下，工作组引导村"两委"班子和党员群众树立大局意识，把思想和行动统一到加快壮大村级集体经济和带领群众增收致富上来，让班子带领群众发展经济。同时引导青年党员快速成为独当一面的致富能手。

为了让村班子成员跟上时代步伐，工作组邀请安吉县美丽乡村建设专家来村里授课，传授美丽乡村建设经验。再带领村班子赴安吉考察学习村集体经济发展、村班子建设、乡村治理和美丽乡村建设工作经验，开拓干部思维，"跳出高棠看高棠"。

青年人都是有志气的，高棠村的年轻人有部分留在家乡，他们更迫切希望改变家乡的面貌，成为参与对口帮扶最积极最有热情的群体。

安吉县对口帮扶两年来，高棠村已培养后备干部五人，其中青年后备干部两人。

2019年上半年，为了解决好没有来料加工基地、农产品展示中心、旅游接待中心的难题，毛自树"走出去"跑项目，为节约时间成本，他把自己家里的轿车开到高棠村当作公车用，三个月就完成了综合楼的所有前期手续并开工

安吉县援建的高棠村综合大楼（詹雁摄）

建设。经测算资金需求为：综合楼一百二十万元、市政景观五十万元、征地及设计监理等其他费用二十万元，合计一百九十万元。这笔钱由工作组向安吉县、遂昌县相关部门争取而来。

新建成的高棠综合大楼，建筑面积五百三十三点一三平方米，集游客接待中心、农产品展厅、来料加工基地、阵地建设为一体。不仅成为高棠村对外的"门面"，还通过物业租赁方式增加村集体收入，也为村民和游客提供更好的便利服务，村民的自信心由此增强不少。

借鉴安吉中国美丽乡村建设经验，工作组和村组织一起开展"美丽高棠"建设，打造水清、岸净、绿树荫、庭院美的高棠：整治公路沿线乱堆乱放现象，沿线统一采用菜园篱笆样式；规范垃圾管理房建设；完善公路标志标牌设施，丰富沿线绿化布置；建设村入口及中心村景观节点，从而将公路打造成"串点成线、连线成片、入眼动人"的美丽风景线。

高棠村入口有处非常显眼的地标：一块巨型漂石，上面是青年书法家孙传江题词的"隐居高棠"。孙传江是民进安吉基层委员，和毛自树同一个党派，"隐居高棠"四个字是他俩绞尽脑汁想出的最符合高棠村自然资源的广告词。当然这题词是义务劳动，孙传江说，作为民进安吉基层委的一员，能为扶贫工作尽一点心意，是自己的荣幸。

组织非常关心毛自树在高棠村的帮扶工作。其间，湖州市委常委、组织部部长徐仲仪同志、安吉县委书记沈铭权同志、安吉县委副书记徐卫勇同志先后带队到遂昌县开展"千企结千村，消灭薄弱村"等结对帮扶活动，捐赠结对帮扶资金，结合村里的实际提出结对帮扶思路，并对结对帮扶工作做出相关要求。安吉县政协副主席、民进安吉基层委主委陈卫卫带领安吉基层委的会员到高棠村看望毛自树，并为应村乡中心小学带去价值五千元的体育用品，还走访慰问了邹辉辉、邹永琪、郑佳忆、郑利佳和周成沛等五位贫困学生的家庭，送上爱心助学金。

安吉县农业农村局、安吉县发改局、安吉县供销合作社、安吉县工商联合会、安吉县天子湖镇等单位领导也先后到高棠村开展美丽乡村建设、山海协作、消费帮扶、乡村振兴等结对帮扶活动，为高棠的美丽乡村建设、产业发展出谋划策，并提供资金和政策支持。

结对帮扶事业也得到了安吉众多爱心企业、单位的大力支持。溪龙乡黄杜村向村里捐赠"白叶一号"茶苗十二万株，并提供种植技术指导；安吉斯博科体育用品有限公司和安吉良朋文体有限公司为应村乡中心小学捐赠体育教育器材，安吉誉越家具有限公司为村综合楼捐赠办公桌椅一百零六张，并协调其他家具公司以成本价为村综合楼提供办公家具……

两年时间，工作组为高棠村累计争取资金达五百四十多万元，其中安吉县拨付一百九十万元帮扶资金，遂昌县各部门争取项目资金达三百五十万元，为项目正常运营提供了有效保障。

"绿水青山就是金山银山。"两年来，安吉结对帮扶工作以守护好当地的生态环境为立足点，结合村庄发展实际，打破制约瓶颈，大力发展一、三产业，以"绿起来"带动"富起来"，实现"强起来"。两地人民在脱贫攻坚道路上建立起深厚的"山海"情，携手走向共同富裕之路。

（白锡军，女，安吉县作协副主席）

一片丹心赴川西

——记安吉援川教师魏红

周增辉

辞浙北，赴川西，五千里路支教梦；送温暖，显真情，一片丹心情谊深。

——题记

为梦想扬帆起航

"做老师二十九年，我一直有个支教的梦想，虽然我没有经济能力像社会上的成功人士那样给贫困地区的孩子们捐钱捐物，但我很愿意为贫困地区的教育贡献一点自己绵薄之力。"正是带着这样的情怀，湖州市安吉县孝丰中学英语教师魏红于2020年8月远赴川西，开展为期一年半的支教工作。截至2021年1月，魏老师与她的同事已在四川省凉山州木里藏族自治县潜心支教近半年。

从四季分明的江南安吉，到高海拔、缺氧、气候干燥、强紫外线的大凉山区，是每一位援藏教师都必须要克服的难题。魏老师所执教的班级在五楼，住宿的寝室在六楼，刚来的那会儿，每一个台阶都是极大的考验，每爬一层楼都要停下来喘气，心脏在加速跳动。

红科中学隔着鲁珠沟峡谷与县城遥遥相望，学校周边是工地，没有菜场，没有像样的商店。车辆极少，走路到县城得一个小时。因为饮食的差异，食堂的饭菜往往不能适应，魏老师只好每周末徒步到县城采购一周所需的菜。

虽然生活条件极为不便甚至艰苦，但魏老师对自己的选择无怨无悔。"人生要敢于接受挑战，何况这是我自己选的路。这些困难都可以克服，只要在教育上得到师生的认可，我就实现了来木里的价值。"面对困难与挑战，魏红轻描淡写地如是说。

人间自有温情在

红科中学的学生基本都是住校生，来自木里各个乡镇，最近的五十公里，最远的足有五百公里。有些学生来上学，要换好几种交通工具，走路，骑马，坐船，再乘车，往往要耗费几天时间。所以大部分学生一学期也只能回去一两次，且有许多贫困家庭。

木里的天气早晚温差大，尤其秋季一过，午后气温骤降，孩子们很多都穿得很单薄，一下课就挤在楼道烤太阳。有次上课时，一位学生在座位上直打哆嗦，魏老师马上脱下身上的大衣披在孩子身上。后来魏老师了解到这些孩子之所以衣着单薄，确实是因为没钱买冬衣。她马上联系了安吉的同事朋友，把家里孩子闲置的衣物寄来，前后寄来了五箱衣物。这里的快递都要自己到离校四公里的快递点去拿，每次取件都大费周章，想到孩子们可以有衣暖身，这费钱费力的事魏老师干得不亦乐乎。

刚来木里，魏老师就与自己所教班级的一位建档立卡户学生结对，每月资助她一百元生活费。另外魏老师也联系了家乡的老同事与红科中学班里另一名品学兼优的贫困生结对，每月资助她一百元。每每家人、朋友寄来零食，她都分给班上的每一个学生。"能给他们一点点温暖，我也感觉幸福无比。"魏老师说。

后来，魏老师听红科中学的同事说初一有一个叫马小军的男生，父母双亡，他和妹妹两个分别跟着叔叔和舅舅生活。马小军叔叔家条件比较贫困，而马小军自己的一只眼睛几乎失明。听到这样的事情，魏老师很揪心。于是马上联系了安吉县城一位很有爱心的鞋店老板娘，把情况和她说了后，她马上打来五百元，并表示后续会一直捐助马小军同学。魏老师自己又添了一百元，让同事给兄妹俩每人添置三百元衣物。

"后续如果有需要，我还愿意发动朋友圈多捐点东西来。能实实在在帮帮这里的孩子，于我是莫大的幸福。我做的事很小，但我希望有更多的人愿意伸出援手，让藏区少数民族的贫困学生感受到祖国大家庭的温暖。"在一次援川干部座谈会上，魏红如此表述自己的初衷。

木里的饮食又麻又辣，很多援川的志愿者都不能适应麻辣的口味。魏老师便在周末的时候，包饺子、做点心、炒家乡菜，请一同来援川的同事们解馋，让大家尝到安吉家乡的味道，感受到安吉大家庭的温暖。

在红科学生眼里，魏红是温馨的老师；在安吉同事眼中，魏红是贴心的大姐。有位同事开玩笑地说，魏红是"好师好友好榜样"。

输血更兼造血，打造精准教学

红科中学的孩子几乎都是少数民族，他们有自己的民族语言，学汉语、普通话对他们来说已经很不容易了，学英语对他们的挑战就更可想而知了。魏老师接的班级，初一升初二的英语平均分二十四点零二分，全班没一个及格，最高分四十六分。但班上还是有几个同学很想上高中，这就意味着英语会成为他们求学路上最大的拦路虎。为此，魏老师专门组织了两个不同层次的课外学习小组，每组四人，每天分上午、下午两个时间段对他们进行个别辅导。从初中一年级最基础的语音、语法开始。这两个组学习基础不一样，魏老师辅导的策略也不同。这里的学生没有接受过老师这样的单独辅导，开始还有些抱怨，但魏老师还是让学生克服畏难情绪和惰性坚持了下来。学生看到老师放弃自己的休息时间不厌其烦地给他们讲解知识、传授解题技巧，他们也渐渐被魏老师感化，学习的热情不断高涨。一个学期下来，这两个学习小组一个平均分达到六十几分，一个达到五十几分，还有一个同学考到了七十几分，这在别的班级是没有的。

培养木里本地优秀教师资源是智力援川的重要方面，在有限的援川时间内变"输血"为"造血"，这是援川支教的重要目的，也是每个援川老师的初心。

这里的教研条件相较于浙江是落后的，这里的老师提高教研能力的途径、渠道也不理想。魏老师到这里后马上就开了公开课，老师们反响较好。有一个老师说要是他上学那会儿碰上魏老师这样的英语老师，他的英语一定能学得更好了。还有一个老师直接说他们以后不用去外地培训，让魏老师给他们培训就行了。有一个刚从成都培训回来的老师找到魏老师，要拜她为师，学习课堂教学教法。此后，魏老师担任了红科中学周祥灿和格桑央青老师的导师。指导他们上公开课，在备课、听课、磨课方面一遍遍教导，倾囊相授，不厌其详。魏老师研究学情，钻研教材，精心备课，勤于辅导，与其他援川教师共同努力，红科中学的教学质量有了明显提升。

愿做一个摆渡人

经过一段时间的教学，魏红发现大山里的孩子与山外世界相差的不只是五百公里的盘山公路，他们信息闭塞，对外面的世界既不了解也不怎么向往。大部分学生对自己的未来是"茫然"和"无所谓"的，他们不曾想过"改变自己的命运"，更不会思考学习对于未来的意义。甚至很多家长坦言送孩子来学校主要是为了免费吃饭。扶贫先扶智，魏老师利用一切机会让孩子们了解社会发展动态、职业分类等，让孩子开始思考自己的未来，树立适合自己的理想，从而改变对学习的认识和态度。

魏老师认识到教育的滞后必定会制约木里的发展。孩子是木里的未来，要让这里的孩子了解大山外面的世界有多么精彩，让这里的孩子知道他们的将来也有各种可能性，让这里的孩子更加为他们的家乡自豪，更有一种建设美好家园的信心、信念，并使之成为他们的理想，这都是基础教育需要承担的职责。

"我愿做一个摆渡人，让我的孩子们乘上通向大山外的大千世界、通向美好未来的一叶小舟。"基于这样的想法，魏老师尽可能地把外面的世界带到学生们的心中，总是把外面世界新奇的东西穿插在课堂教学中，这不但能寓教于乐激活课堂教学的气氛，也逐渐地增强了孩子们对外面世界的向往，增强了他们学习的动力。魏老师给他们看祖国大好河山的图片、视频；给他们介绍祖国在科技、国防等方方面面的成就；给他们说，大学是人生新的舞台，大学的生活是多么丰富多彩和有意义……这一切都深深地吸引了孩子们。下课时，魏老师总是被孩子们围着问这问那；办公室里，她的座位也常常被学生围得水泄不通，或是问问题，或是带家里种的水果给她，或是抢着给老师打开水。

"虽然我的这叶扁舟很小，但哪怕只有一个人能登上它，从此乘风破浪，那也不负我背井离乡千里迢迢来木里支教了。我愿做一个摆渡人，载着我的孩子们到达理想的彼岸。让孩子们做自己灵魂的船长，自己命运的主宰者。"

五千里峥嵘寄望菁菁校园，二十载耕耘只为莘莘学子。

已在教学岗位上辛勤耕耘二十余年的魏红老师，在援川工作中牢记使命，不忘初心，一片丹心为学生，满腔热情助同事，为当地的教育发展和民族团结做出了积极贡献。魏老师的辛勤工作让"丹心育苗"理念在横断山脉发芽，让"春风化雨"的温暖融进了每一位木里学子的心中！

（周增辉，民俗学硕士，安吉县图书馆副馆长）

"陈扎西"的健康扶贫之路

潘建兰

"陈医师，今天再帮我扎几针！""陈医师，你真是厉害，我这条腿的酸痛感明显减少了。""陈医师，感谢你啊，我昨晚终于睡了个好觉。"……在远离长兴两千四百四十六公里的四川木里，被病人们围着的陈菊宝身材魁梧、面色黝黑，不仅外貌上与当地人越来越像，还被人亲切地叫作"陈扎西"。

因为被需要，他选择前行。因为被挽留，他选择留下。2019年6月，长兴县中医院针灸康复科副主任中医师陈菊宝前往木里藏族自治县中藏医院扶贫，五十七岁的他是同批次人员中的老大哥。在木里的日子，他用技术和服务，赢得了当地群众的欢迎与爱戴。原定半年的援助期满后，当地多方挽留，老陈的归期一延再延。

他因被需要而留下

万事开头难。作为针灸推拿科医生，陈菊宝的一双手显得尤为重要。由于当地海拔高，空气干燥稀薄，他的双手布满了口子，时不时有鲜血渗出。深秋后，陈菊宝只能戴着手套、绑着创可贴服务。对此，他笑着说，这点困难和刚来时比算"毛毛雨"。

高原反应加上水土不服，刚到木里时，头痛、胃痛给了陈菊宝一个"下马威"。适应环境的同时，他掌握了一套"不吃辣，不喝酒，不吃饱"的饮食规律，总算解决了吃、睡困难的问题。谁知，又患上了皮肤病，全身多处红疹

"陈扎西"工作的木里中藏医院（邹黎摄）

奇痒，诊断为虫咬性皮炎，是跳蚤所致。

陈菊宝坦言，因为感受到了当地群众的迫切需要，他才克服重重困难，坚定信念留下来。

由于县域面积大、交通不便以及劳动强度大、损伤多等因素，当地患者往往存在病位广、病程长、病情复杂等情况，较大一部分是颈椎、腰椎、膝关节同时患病，高山深处又缺少正规治疗，这让陈菊宝觉得，面对看不完的病人，自己要更细致、全面。为了保证患者治疗的连续性，发挥更好疗效，除了回长兴探亲，他节假日照常上班，从不休息。

每次义诊活动，都是陈菊宝感触最深的时候。他讲起了两次义诊的场景：一次到木里县李子坪卫生院，带了三百根毫针及相关器具，前来针灸治疗的群众非常多，一直诊治了三个多小时，看了四十余人，针都用完了，还有人在等。还有一次在县城公园为居民服务，这次前来诊治的群众更多，他在同事的配合下，针灸了六十多人，这次针是带够了，但消毒棉棒却用完了。

"这两场义诊活动充分说明当地颈肩腰腿关节痛病源很多，而且乐意接受针灸推拿治疗，说明传统中医诊疗技术在当地拥有广泛的群众基础。"陈菊宝说，这也让自己看到了留下来的意义。

他在当地深受爱戴

陈菊宝看到，患者从山里出来一趟不容易，选择来医院诊治的，一般都是病情复杂、病痛症状较多的患者，他总愿意超范围、超时长为他们治疗，希望结合多种治疗方案，让每个人更好更快地摆脱疾病的痛苦。

用真心换真情，本着一颗医者仁心，短短半年时间，他收到了两面锦旗，也收下了鞋垫、自酿青稞酒等自制的暖心礼物。

在当地，面瘫是顽疾。一位五十三岁的患者面瘫将近一年时间，去了西昌等地治疗，始终无济于事。得知来了浙江会针灸的专家，慕名前来找陈菊宝诊治。"患者已发生面部倒错现象，面容不雅，进食不便。经过二十六天诊治，基本治愈，患者欣喜不已，异常感激。"陈菊宝说，和当地二十一个少数民族的群众相处，自己经常被他们的淳朴和善良所感动。

在日常工作中，陈菊宝发现当地膝关节病最多，不仅是中老年人，连三十岁左右的年轻人也饱受困扰。症状轻者疼痛不适，重者关节肿胀，甚至变形，行走不便。疾病严重影响了患者的劳动与生活，有的家庭甚至因病致贫。

陈菊宝通过研究发现了高发病率的原因是与木里的山区地形以及雨季劳动下肢反复受潮密切有关。为此，他制定了以膝关节针刺加温针的局部治疗结合有针对性的腹针（一种新的针灸疗法）治疗，取得了明显的疗效。

"看到患者疾病治愈后露出的笑容，我也开心。"陈菊宝说。另一件让陈菊宝充满成就感的事，是第一年夏天刚去时，得知前一年木里县中藏医院开展冬病夏治的敷贴刺激太大，病人无法承受。正好自己从长兴带去已加工完成的膏药，开展了几百人次的三伏贴，并向当地医生示范各种病证的正规操作方法，从冬天收到的回馈来看，效果非常好。

据介绍，在中藏医院工作期间，除推广冬病夏治中医敷贴外，陈菊宝还推广了小针刀疗法和腹针结合体针治疗膝关节炎等中医适宜技术，让当地群众受益。

他留下一支带不走的队伍

一方面尽心诊治病人，另一方面，陈菊宝还忙着带教和培训，提升当地诊疗水平。当地年轻医生多，临床经验相对薄弱。在中藏医院，陈菊宝收了三个徒弟，两个男弟子学推拿，一个女弟子学针灸。"即使帮扶期延长，我也会有离开的一天，只有真正让他们掌握技术，才能更好地为当地群众服务。"陈菊宝说，这种师徒带教帮扶的关系，对他也是一种压力和鞭策。

在业务教学过程中，陈菊宝卫校教师的经历及长期从事中医适宜技术培训的经验充分发挥了作用。他多次对中藏医院全体医务人员开展技术培训，多次组织面向全县的中医适宜技术培训，精心制作 PPT 对理论知识进行讲解，并把患者请到课堂，现场演示诊治过程及操作方法，手把手进行传授，这种教学方法受到了参加者的一致好评！

"陈老师毫不保留地教我们，讲得通俗易懂，幽默风趣，我们都非常喜欢跟他学。"徒弟之一的玉珠绒布对老师充满感激。跟学之后，他在骨性关节炎、腰椎间盘突出症、颈椎病、肩周炎等病证的中医针灸诊断治疗方面，取得了很大进步。

怀着"当医生要有仁爱之心，对病人要善心，对待工作要用心"的人生理念，陈菊宝早已把木里当成了自己第二故乡，用自己的朴实奉献演绎了浙江援川人的踏实感，也感动了不少人。2020 年底，他作为援川代表，接受了浙江电视台的专题纪录片拍摄。眼看延期一年后的归期将近，当地多部门再次打来申请，于是老陈将再留半年。

这样一来，他的援川从原定的半年，延长到了两年。

（潘建兰，供职于长兴县中医院党建办）

下乡的日子

张西廷

在西藏，许多工作一如内地，并不是"躺着就是贡献"。作为一级党委和政府，党的路线、方针、政策，国家的法律、法规要传达、贯彻和执行；自治区、地区、本县的决策、计划和任务，要布置、实施和检查；基层的情况和问题、群众的生活和困难，要及时了解和解决。而要做好以上工作，不仅要围绕中心，把握大局，突出重点，理清思路，还应深入基层，深入群众，做好调查研究，掌握第一手材料。援藏三年，我曾与当地干部一起，连续多次下乡工作，留下了许多终生难忘的记忆。

第一次下乡

第一次下乡应是进县途中，时间是 1998 年 7 月 5 日。记得那天早上九点，我们六名援藏干部分乘两辆越野车，从那曲宾馆出发，急匆匆地往县城赶。一路上翻山越岭，颠颠簸簸，在下午一点左右，终于赶到了嘉黎县的第一个乡——林堤。

当汽车在一排低矮的土屋前停下时，前来迎接我们的县委副书记、人大常委会主任阿朗同志从越野车上捧出几包牛肉方便面，躬身走进屋门，并把我们一一介绍给了乡领导。乡长是个年轻人，只二十来岁，不善言谈，但长得很壮实。他一边大把大把地捧起牛粪往炉灶里塞，一边认认真真地汇报乡里的情况。可能是心情紧张，竟有点手忙脚乱。

我们是第一次看到用牛粪烧水，嘴上不说，心里都很好奇、兴奋，两眼盯着炉灶不离开。藏族同胞的炉灶用铁皮制成，分两部分，一是灶肚，二是烟囱。灶肚分两层，上层烧牛粪、干柴，下层存灶灰。灶肚侧边有一孔，接铁皮管一米左右，再转弯向上，穿过屋顶，排烟通气。妙就妙在这铁皮管呈正方形，当灶肚上炒菜、做饭时，这烟囱上还可以烧开水、煨冷食，真是又快又方便。

当屋子里烟雾弥漫，眼睛里忍不住流下泪水时，水也差不多开了。乡干部们拿出一叠小碗，给我们一一斟上酥油茶。喝一口，斟一点；刚喝完，又斟上。热情之状，令人感动。

阿朗书记把随身带来的方便面也全部打开，斟上水，合上盖，静静地坐在一旁。过了五六分钟，面条勉强软化，大家就狼吞虎咽地吃了起来。说实话，颠了半天，肚子早已唱起了"空城计"，端起碗来，几下子就吃了个底朝天。吃完了，还忍不住朝茶几上扫几眼，看看还有没有多余的方便面。

阿朗书记与乡干部们极熟，吃完饭就东拉西扯地拉家常。我闲坐了一会儿，就猫腰出了门，想看看当地的情况，没想到大家都是同一心思，呼啦一声都涌出了门。我们沿着一溜七八间矮房走过去。到尽头，见北边草地中间，有一座孤零零的大院，大院里有一旗杆，旗杆上五星红旗迎风飘扬。我问随后跟来的乡干部："是学校吗？"乡干部憨厚地回答："是乡小学。"话音未落，县委书记吴开锋即大步上前，带头进了校门。

学校正值放暑假。空荡荡的没几个学生，一个个躺在操场上，一边晒太阳，一边琅琅地念着书。校长见有人来，疾步上前迎接，并带我们参观了教室和寝室。

走进教室，援藏干部们的心重重地沉了下来。这哪是教室呀，墙上的黑板已斑剥陆离，屋顶破洞密布，地下水坑累累，在这阴暗朝湿的房子里，到处都弥漫着浓浓的霉味、酥油味和牛粪味，真想象不出，长年在这样的环境中上课，是怎么样的一种滋味！我用手摇了摇身旁的课桌，只听见发出"吱嘎吱嘎"的声音，整个课桌都摇摆起来，不少凳子也是缺胳膊少腿，东倒西歪地立在墙角边。

我们跟着校长走进学生的寝室，所见的情况使我们的心情更为沉重：不仅阴暗朝湿、气味难闻，而且由于牧民生活条件太差，学生们每日只能以糌粑和干牛肉为食。到了晚上，连条像样的棉被都没有，几个人和衣挤在一起，身上压几块又脏、又破的破棉絮，聊以度过这漫漫长夜。我朝人大主任看了一眼，他立即压低声音，在我耳边说："这个学校还算好的，有几个乡小学情况还要严重。"

从学校出来，大家一扫进县时的新奇和兴奋，一言不发地上了车。这是我们的第一次下乡。而这第一次下乡，使我们懂得了什么是"最落后"、什么是"最贫困"、什么是"最艰苦"，使我们懂得了"中央关心西藏，全国支援西藏"的重要意义，更使我们感到了作为一名援藏干部、一名共产党员的神圣职责。

最艰苦的一次下乡

在西藏、特别是在县里工作，下乡可不像内地那么简单，至少有三个困难摆在面前：饭难吃、路难行、觉难睡。

到嘉黎不久，我们安排了半个月时间，对全县所有的乡进行一次走访、调查。下乡前两天，我们就采购了足够的蔬菜、罐头、大米、油盐，还有成箱成箱的方便面。上车时，除了带上吃的，还要带上高压锅、炒菜锅等，再加上垫的、盖的棉被，简直就像搬家。我们县尽管人口不多，但面积却大，几乎每个乡的面积都有内地一个县那么大。每每从早跑到晚，才好不容易到了一个乡，但一到目的地，我们就必须忙着埋锅煮饭。肚子饿了，也就顾不上干净不干净，双手大把大把地捧着干牛粪往炉灶里塞。所带的蔬菜两三天就吃完了，剩下的时间就只好吃肉罐头。头两天还凑合着，可越吃越反胃，到后来看见了都恶心。

有人也许会说，那就吃方便面呀。在下乡途中，我们还真的常常以方便面做午餐。可没有热水，总是干嚼着吃，那滋味也真是好不到哪里去。以至回到内地，每次看到女儿有滋有味地吃方便面时，我就悄悄地躲开。

不过，也有吃上好东西的时候。那天，我们一行人终于来到了经济比较宽裕的鸽群乡。当我们专心致志地听乡党委书记汇报工作时，该乡那位脸若满月、慈眉善目的妇联主任，从外边拎来一小桶鲜牛奶，在炉灶上烧热了，又加了点白糖，一小碗、一小碗地递给我们。"好吃，真的很好吃。"我在礼节性地喝了一小口后，忽地大口大口地喝起来。

喝完了一小碗，妇联主任赶忙又给大家满上。我几口喝完后，已觉脸上渗出了密密的汗珠。看看其他几位，也都舒着长气在揩汗。

在离开鸽群乡的途中，兄弟们对那位妇联主任赞不绝口，有的说她长得像唐僧，有的说她像观世音菩萨，有的干脆说像王母娘娘。或许是"吃了人家的嘴软"，反正大家都恨不得用世界上最美好的语言来赞美她。只可惜，妇联主任自己是一点也不知道。

燕子双双舞，好事连连来。回到嘉黎乡过夜时，乡领导已经安排人员给我们做好了饭，并用当地的青菜，给我们弄了一盆青菜炒牛肉，香极，鲜极。我们忍不住地开心，放开肚子吃饭，连吃了两三碗才算结束。

然而，凡事"有得必有失""乐极必生悲"。吃完饭后，我们顾不得疲劳，马上召集乡干部开会。在简陋而拥挤的会议室里，煤气灯嗞嗞地响着，乡干部认真地讲着，我们也唰唰地记着。忽然，我感到肚子一阵阵地绞痛起来。开始还忍，但过了几分钟，实在忍不住，就悄悄地问身旁的常务副县长："有卫生纸没有？"没想到他也是一脸痛苦的表情，说："我也忍不住了。"话未说完，就摇摇摆摆地往门外走。可当我们刚走出门外没几步，肚子就翻江倒海似的，再也忍不住了。迫于无奈，我们只好一边一个，蹲在路边。谁知我们刚蹲下，黑暗中又急匆匆地来了个人，边解裤子边在我们中间蹲了下来。原来，吴开锋书记也是肚痛难忍，见我们出来，也就紧紧地跟来了。只是，人家到底是书记，还未蹲定，就总结说："肯定是吃多了，以后千万要注意。"

饭难吃，路也难行。我们嘉黎县虽有好山好水，交通却极为不便。全县一万三千两百平方公里，却只有一条简易公路通向地区。即便是这条公路，也是夏日被水冲、冬天遭雪堵。县城至各乡的公路，就更不必提了。全县十四个乡，汽车勉强可通的只有一半左右，真正通汽车的，只有那嘉公路沿线的四个乡，其余十个乡，只能在初夏时节，经牧民们全力抢修后，才勉强可通汽车。而其中的忠义乡，则是一边修一边塌，年年修年年塌。几年下来，钱投了几千万，可还是车通不了，马也通不了。

我们在下乡途中，走的与其说是路，还不如说是乱石坡。那一块块石头，有圆的，有方的，小的如蓝球，大的如方桌，高高低低，坑坑洼洼。汽车在上面开过，真是走一步跳几跳，我们也始终随着车身不停地东摇西晃，甚至于头皮把车顶撞得嘣嘣响。好在我们都戴着孔繁森同志曾经戴过的毡帽，在汽车跳动时多少还有些缓冲。我们开玩笑说："这辈子'汽车舞'可跳过瘾了。"

光跳跳"汽车舞"倒也罢了，更让人难忘的是从县城到藏北乡的那一段道路，简直是拎着小命走过去的。

从那嘉公路多拉段往西，顺着草原上那浅浅的几道汽车轮胎压过的印痕往前走。过半小时左右，见一河流，水呈墨绿色，一个漩涡连着一个漩涡，简直深不见底。我们所说的公路，就沿河而行。

人在车上，车往前行，不多久就感到整个车身向右倾斜。往外一看，天哪，这段"公路"的路面竟是三十来度的斜坡。汽车左侧是长着荒草的雪山，右侧是深不见底的河流，而汽车的右侧轮胎，则几乎是压着"公路"的边缘行进。稍一不慎，后果将不堪设想，而这类事故，在西藏可以说是屡见不鲜。

汽车缓缓地向前开进，我从驾驶室的反光镜上，看到司机把两只眼睛瞪得老大，方方的额头上，滚出了豆大的汗珠。我们几个坐在后座的，也是紧紧地拉住把手，全身不由自主地向左侧倾斜，希冀着给整个车身增加点平衡系数。

时间一分钟、一分钟地过去，汽车一寸寸、一寸寸地向前挪动。也不知过了多少时间，终于通过了这段让人提心吊胆的"勾魂路"。当我们与司机一起，暗叫庆幸之时，才感到全身酸痛，汗透衣衫。

在下乡的日子里，睡觉也不容易。当我们迎着朝阳，从一个乡出发，赶到另一个乡时，往往是夕阳西垂、夜幕降临了。我们的乡所在地可不像内地，这里没有招待所，更没有宾馆。条件好一点的，晚上还可在会议室里睡上一觉。而更多的乡，连会议室也没有，我们只能在潮湿阴冷的地上铺上被褥。由于被褥旁就是成堆成堆的牛粪，那一阵阵气味，直往鼻孔里钻，即使我们把整个头都钻进被窝，也挡不住气味的袭击。

更令人难忘的，是在措拉乡过夜的情景。措拉乡位于县城北部，乡所在地海拔五千二百米。过夜时，我们尽管由于高原反应，头痛欲裂，但躺在"床"

上，却谁也睡不着。是啊，头一批援藏干部就曾发生过因高原反应，昏睡不醒，险些丧命的事，我们可不能出任何差错啊。土房内，黑洞洞的，什么也看不见；而小窗外，却见繁星点点，白云如絮。我躺着看了许久，后来干脆悄悄地坐起来，朝天空呆呆地看呀看。当时，我是多么希望黑夜能早点过去，曙光能早点降临，我们的兄弟们都能平安地回家。

跟领导下乡

我们嘉黎县虽是"国定贫困县"，经济落后，条件艰苦，但地区领导没有忘记我们，自治区领导也没有忘记我们。在我们援藏期间，上级领导曾多次到嘉黎调查研究、访贫问苦。作为县委副书记的我，也有幸跟随上级领导，到乡里、村里，亲眼目睹了上级领导与普通群众的亲密关系，有机会学习上级领导的宝贵精神、高尚品德和工作方法。其中最使我难忘的是自治区党委副书记旦增、自治区人民政府常务副主席孙歧文同志来嘉黎考察时的情景。

1999年4月中旬，嘉黎人代会闭幕不久，我们就接到了自治区领导到嘉黎考察的通知。为迎接两位领导的到来，吴开锋书记在家准备材料，我和人大主任阿朗负责迎宾工作。

凌晨五时，我们就乘车上路了。5月的天气，内地早已是鲜花烂漫，而嘉黎还是冰天雪地，寒气逼人。由于睡眠不足，我蜷缩在进藏前由"湖州星火服装商店"赠送的柔软的羽绒衣内，伴随着车胎碾压冰雪发出的"吱吱"声，很快就迷迷糊糊地进入了梦乡。

也不知开了多久，汽车悄悄地停了下来，阿朗主任轻轻地对我说："快到阿依拉山了，我们就在这里等吧。"我看了看表，十点钟还不到。按正常作息时间，说不定领导们才从那曲出发呢。可就在我们停车不久，阿依拉山口黄尘滚滚，一行车队疾疾向前驶来，眨眼间，就到了跟前。阿朗主任见状，急忙迎上前去，与领导们一一握手，并为我们分别做了介绍。寒暄毕，即上车。

约一个半小时，路过夏玛乡。旦增同志、孙歧文同志命车停下，一前一后钻进了一户牧民家里，并坐在床沿上，与两位老人拉起家常来。我听不懂藏话，但看得出旦增同志红润的脸上充满了关切，孙歧文同志则是满脸的忧戚之情。

谈了二十来分钟，两位领导才起身告别。临行前，旦增同志从兜里掏出一万元钱，双手交到老人手里，千叮咛，万嘱托，不是亲人，胜似亲人！原来，这家女主人身患子宫瘤已经多年，又无子女，经济十分困难。旦增同志路过此地，便特意下车来看望老人，并安排好车子，专门护送老人到自治区医院治疗。

出了老人的家，两位领导又到旁边的牧民屋里转了转。当看到牧民们衣足粮丰、经济条件大为改善时，脸上都露出了满意的微笑。

旦增同志知识渊博、才智之过人，令我钦佩不已。在阿扎寺，他谈藏传佛教的发展历史，谈阿扎寺的百年变迁，更是滔滔不绝；甚至在谈起阿扎寺的珍宝收藏时，也是如数家珍。在离开阿扎寺时，他还告诉我：在民国时期，有个负了伤的国民党军的副营长，就曾住在阿扎寺很长一段时间，还写了一部反映西藏的书，文笔很好，很值得一读。在藏医院，他又与院长探讨起藏医药的发展问题，口若悬河，一谈就是几个小时。这时的旦增同志，哪里像个行政领导，分明就是个专家、医师。

更使我们感动的是，旦增同志、孙歧文同志对干部的关心和爱护。就在两位领导来嘉黎的次日，当他们听说县人武部政委陈作禹同志，不顾个人安危，冒着刺骨严寒，跳入水库救人的事迹后，一清早就上门慰问，并就如何宣传好英雄事迹，一一做了指示。在他们即将离开嘉黎时，又再三关照当地干部：一定要配合好援藏干部的工作，一定要照顾好援藏干部的生活。甚至还给我们派出单位的党委、政府发了感谢信："感谢为我们西藏选派了如此优秀的干部。"

两位领导在嘉黎的时间虽然不长，但他们的行动，使我进一步明白了这样一个道理：藏族同胞为什么对我们的党如此热爱，对我们的干部如此敬重，就是因为：在西藏有着这样一批深切关心群众，并且有很高政治、文化修养的好干部！

（张西廷，浙江省作协会员，湖州市社科联原主席。1998—2001年第二批援藏干部，任西藏嘉黎县委副书记）

一个妈妈的女儿

张西廷

太阳和月亮，
是一个妈妈的女儿。
他们的妈妈叫光明，
叫光明。

藏族和汉族，
是一个妈妈的女儿。
我们的妈妈叫中国，
叫中国。

在西藏，这首歌可以说是家喻户晓，人人会唱。的确，这首歌不仅旋律优美，通俗易懂，更重要的是真实地倾吐了藏汉人民之间的兄弟情、民族谊。从我们进藏工作的那一天起，对藏汉民族的这种水乳交融的关系，就有深切的感受。

我们于1998年6月下旬离开杭州，经成都，赴拉萨。刚下飞机，就见机场出口处，彩旗飘扬，鼓角震天。许多藏族同胞，身着节日盛装，载歌载舞。原来，这是那曲地区的党政领导，带着欢迎队伍到机场迎接我们来了。当我们依次走出机场时，藏族姑娘们说着美好的祝词，献上香醇的青稞酒。当地的汉藏领导把一条条洁白的哈达，披在我们的肩上，满腔的热情，就像迎接久别的亲人。

赴那曲途中，一路上碰到的藏族同胞，不论是骑马的，还是步行的；不论是放牧的，还是经商的；不论是大人，还是小孩，都是满脸笑容，老远就挥手致意，嘴里喊着"扎西德勒"！

当我们一行快到那曲时，突见十余个藏族小伙骑着高头大马，欢呼着迎上前来。翻过一个小山坡，过十来里，就进入了那曲市区。但见道路两旁，人山人海，无论藏汉，都在热情欢呼。其情其景，使我们这些援藏干部激动不已。我们一边向大家致谢，一边暗暗地下决心：一定要好好干，否则也对不起那么多欢迎我们的藏汉同胞呀。

在西藏三年，与当地的汉藏干部群众工作上互相帮助，生活上互相关心，建立了深厚的友谊。

在嘉黎县，我最好的朋友当属人大主任阿朗了。阿朗五十来岁，长有一个大而圆的脑袋，头发稀疏，额头发亮，由于兼任县委副书记，当地干部群众习惯上称其为"阿书记"。我第一次见到阿书记是在那曲地区为我们举办的欢迎会上。当我挑了大会议室的一个角落坐定后，见身旁一位藏族干部长相有异于常人，便饶有兴致地与他寒暄起来，才知道他就是我们要去的嘉黎县的领导，并知道他也早在留意我，知道我姓甚名谁、担任何职。这就是阿朗书记。从他满是笑意的脸上，可明显地读出"诚恳""热情"等字眼，这也使我们之间的距离一下子就近了起来。趁会议没开始，我向阿朗书记简单地询问了嘉黎县的基本情况，他也认真地做了介绍。看到我们熟悉并亲切的情景，许多一起援藏的同志纷纷投来好奇的目光：这么快就熟悉了？

在那曲待了两天，也就是7月5日，早上九点多钟，我们到嘉黎工作的六位同志，与前来迎接的阿朗书记及其他几位同志一起钻进越野车，开始向嘉黎进发。为了表示尊重，县里居然还派了辆警车开道。

阿朗书记陪同来自温州的县委书记、县委办主任，还有我，乘坐第一辆车；来自台州的常务副县长、来自温州的副县长、来自湖州的财政局长随后。一路上，阿朗书记神采飞扬地为我们介绍嘉黎县的历史、风俗、现状。他那爽朗的笑声，使五个小时的旅程充满了欢乐的气氛。

穿过虽只上千人但几乎倾城而出的欢迎人群，我们到了即将工作生活三年的新家。阿朗书记忙前忙后，忙里忙外，指挥政府办的同志为我们烧水沏茶，扫地提包，使我们真的像回到了家一样。

最使我难忘的是第一次常委会议。按议程，讨论县领导干部联系乡问题。我考虑自己主管政法工作，就主动报名负责由公、检、法联系的藏比乡。但在这个分工即将拍板时，阿朗书记突然叫了暂停。他说："张书记是个文人，建议安排到离县城较近的夏玛乡。"当时，我吃了一惊：他是怎么知道我的老底的？尽管我出身农民家庭，对吃苦受累也早有思想准备，但对阿朗书记的关心、体贴，仍生出无限的感激之情。

除了阿朗书记，我们在西藏还结交了不少好朋友。县长布穷年纪不大，只四十来岁，但老成持重。他业余时间喜欢打枪，常与援藏的吴开锋书记互不服输。趁八一军事活动日之际，两人总是嘴里嚷嚷着，急匆匆地往靶场赶。每当布穷县长以一两环胜出时，就高举双手，欢呼胜利。而开锋书记则一脸沮丧，万般无奈地坐在地上，说："下次有机会再比。"由于我们年龄相仿，又是近邻，私下里都以兄弟相称。有时到那曲开会，我们也到他的家里去拜会嫂子，喝嫂子亲自煮的甜牛奶。布穷说："什么时候也让我见见各位嫂子？"1999年夏天，我们的家属相约到西藏探亲，这可乐坏了这位县长兄弟。家属们一到县城，他就准备好了"接风酒"。尽管嘉黎因为交通不便，餐桌上拿不出几个像样的酒菜，但县长的满腔热情，使我们，更使我们的家属们激动得热泪盈眶，她们在回家的很长一段时间里，仍然在说："你们的藏族兄弟真好。"

其他的几个副书记、副县长，尽管性格各异，但兄弟之情、民族之谊，却无甚差别。

副书记才旺是从忠义乡党委书记岗位上提拔起来的。此人平日少言寡语，碰到了总是朝你笑笑，但绝对是个"实干家"，工作之扎实，态度之认真，无人能出其右。

扎西副县长身材不高，脸呈黝黑色，而两眼却分外有神。他的特点是聪明、机敏、成熟、稳健，对全县情况了如指掌，但平时却不爱张扬。他就住在我家的后边，我的后窗正好对着他的大门，他一家人的进进出出，无不在我的视线之内。他有一个美满的家，妻子是法院的副院长，长得高挑白净、五官端庄秀丽，据说其父是汉人。家里有一对小男孩，虎头虎脑的样子，十分逗人喜爱。

加多副县长又是另一种性格：豪爽、粗犷、热情、奔放。他自己读书不多，而几个子女却分外争气，不是中专就是大学毕业，且长得十分漂亮，真是羡煞当地人。

加多少年时即为当时的县委书记当勤务员，从而养成了认真、勤快的好习惯，并得到大家的一致好评。他虽为藏族，却长得酷似维吾尔族：威武高大，粗眉大眼。他自己则坚持说是汉族的后代，姓张，祖上是清朝时驻嘉黎的兵将。每每说到自己是汉人时，他总是流露出既自豪又委屈的样子，让人觉得又好笑又同情。不过，过去嘉黎确实驻过清兵，清王朝崩溃后，这些清兵回不得家乡，见不得爹娘，只好隐姓埋名，与当地女子通婚，留下了像加多县长这样的一批老牌"团结族"。

由于同姓张，自然又亲近了许多。平时，我也常到他家坐坐，每次去时，他总是拿出成叠的照片让我看：有在嘉黎照的，也有在内地照的；有他自己的，也有家人、亲戚的；有过去几十年的，也有近期照的。最让我关注的是加多副县长头戴清朝兵将帽子的照片。他说："这顶帽子是祖上留下的，也是我作为汉人后代的唯一见证。"但当时我就在想：唐朝时就有文成公主、金城公主远嫁西藏，解放初期，进藏的许多"金珠玛米"又与藏族同胞成了家。群山相依，血脉相连，汉藏两族，本为一家呀！

在西藏三年，不光与当地的干部结下了深情厚谊，与当地的农牧民也建立了很深的感情。我们每次出差开会，或下乡调查，所到之处，无不受到农牧民的热情款待。有时，我们在路边小作休息，在远处的牧民们见了，会骑着马匆匆赶来，为我们递茶送水，客气得就像招待来自远方的至亲。即使我们偶尔走在县城的街上，藏族也好，汉族也好，几乎每个人都会向你微笑着打招呼。当地的藏族同胞不仅对我们援藏干部好，对这里的汉族客商也同样好。汉藏之间，亲如一家，淳朴民风，妙笔难绘。

在西藏如此，在内地也一样。1999年秋天，当我们率嘉黎县党政代表团赴浙江考察时，所到之处，无不受到热情的接待。在温州、台州考察时，政府、企业，都纷纷解囊捐款，支援西藏建设。2000年初冬，当我们带着嘉黎县的四名青年教师到湖州培训时，市委组织部、市教委的领导都十分重视，特别是培训所在学校"湖州市新风小学"的老师，不仅认真传授教学经验，还与藏族老师结下了很深的情谊。校长王桂芹像母亲一样地关心、呵护着他们。当四位老师学习结束，即将返回西藏时，不论老师，还是学生，都流下了依依不舍的泪水。此时此刻，大家的心里都禁不住发出同样的声音："汉族与藏族，是一个妈妈的女儿，我们的妈妈，叫中国。"

援川，生命中的美丽印记

朱梓华

2018 年 9 月 1 日，我在远离故乡一千多公里之外的四川省广元市青川县青溪镇中心小学度过了新学期的第一个周末。那是一个阴雨绵绵的周末，细密的雨丝像极了江南多情的秋雨，让人更添惆怅几许。我告诫自己——既然选择了"援川"，他乡即故乡，勤勤恳恳、兢兢业业地做好每件事，不负自己的初心，一步一个脚印，向前迈进……

——题记

2018 年夏，酷热依旧，与天气同样炙热的还有我的心。一番思想斗争后，我向吴兴区教育局递交了援川申请，待接到组织通知我光荣地成为吴兴援川教师中的一员时，内心的激动无以言说，喜悦和担忧一起袭来，生怕自己适应不了那里的气候和饮食，将已平息多年的胃病又宠溺起来，生怕自己适应不了那里的工作，有负于组织的重托。就这样，怀着忐忑的心情，我随同另五位援友飞到了千里之外的青川大地，走进了大山里的青溪小学，开始为期半年的援川工作。距离县城六十多公里，两百多道弯，一个半小时的车程，一千多米的海拔，山路狭窄漫长，偶有滑坡，时有地震，这样的环境对于一个江南女子来说是极大的挑战。然而，当肩头扛着"援川"的重任，心中装着奉献的理想时，这一切的一切都不在话下，只因身为吴兴教师，就要有吴兴教师的担当。

用心倾注，为爱奠基

一周十二节语文课，兼副班主任，我成了101班三十九个孩子的"二当家"。因为那里的孩子特别"皮"，家长曾多次建议我"棍棒教育"，建议我可以"歪"（凶，坏）一点，甚至有位家长直接为我准备了小棒，我都一笑处之。我对他们说："在我们吴兴，我们的孩子不用'打'。我相信，这里的孩子也一样。"于是，我成了孩子和家长口中"最温柔"的老师。可是，当孩子们犯错误时，我还是会声色俱厉地批评他们，告诉他们孰是孰非。才过两周，我们班就被评为"文明班级"，孩子们也已经从幼儿园的小娃娃蜕变成了一个合格的小学生了：出操时队伍整齐，口号响亮；卫生清扫自觉自律，保持得好；用餐前自动整队，安静用餐，餐后能收拾好碗筷，放好凳子；离开教室会关上电灯电脑。面对我哑了好些天的嗓子，他们也学会了关心，课也上得特别认真。

他们的成长，让我有了更多精力去进行语文能力的拓展。冬天的早晨七点，青溪还是漆黑一片，其他班的孩子在追打玩闹，我们班的孩子已经在早读了；课间，孩子们又来找我背古诗了；课前，琅琅的诵诗声准会从我们教室传来；一个个生动有趣的"绘本故事"在孩子们的心中扎下根来，一句句用拼音写下的话语悄悄占据了孩子们的本子……孩子们学得轻松，也学得有趣。总是心疼于那些留守儿童在家无人辅导督促作业，于是征得家长的同意，放学后我把他们留了下来。传达室门卫虎叔的小孙女也是留守儿童，利用同住学校的便利，她成了我寝室的周末常客……

用心倾注，孩子们的进步也是明显的。有些孩子每天用"写话"来"记录心事"，有些孩子在自发背诵古诗，有些孩子会和我交流他看过的故事。课上，孩子们的专注力和表现力也大大提升。他们良好的学习习惯引得他人赞赏。有次在卫生院的病房里，偶遇隔壁班的一位家长，她这样对我说："每天早上，我送孩子到教室路过你们班时，总看到你们班的孩子拿着书本，坐得端端正正在读书……"口气中满是肯定。所以期末，我像以往所带的班级一样，给每个孩子买了一本课外书，作为给他们的奖励，同时也希望他们能"与书为侣"。

只是，半年太短，我给予孩子们的还是太少太少。回到吴兴，我利用五年级语文单元习作课上"给远方的朋友写一封信"的契机，让我们班的孩子给青

朱梓华老师给孩子们准备的期末奖品

溪所教班的孩子写信，我亲自上网给孩子们挑信纸和信封，特意选在六一儿童节到来之前把信寄了过去，连同我专门为他们买的零食，算作是送给他们的六一节礼物……收到青溪家长用微信发来的感谢和电话，看到朋友圈里充满感激的图文，我觉得所做的一切都是值得的。我想让青溪的孩子知道：无论我在哪里，无论时间过去多久，我都会记得他们，都希望他们能好好学习，健康成长！

一路有你，累也愿意

身为吴兴的语文老师，自然要传递好"吴兴语文"的先进理念，所以，我义不容辞地担负起了学校语文教研组的协管工作。在青川，"我的语文是体育老师教的"并不是一句玩笑话，大部分的老师专业都是不对口的，所以，他们甚至不知道语文课应该怎么上。特别是低段的语文课，他们在与孩子们的斗智斗勇中浪费了许多时间，于是我开设了一堂拼音常规课，于是各学科的老师只要有空都来了，座位不够，他们就挤着听，站着听，蹲着听；老师们对习作课很迷茫，以为习作就是说完就写，写完再改，于是，我又开设了一堂流程完整，有指导、有评价、有修改、有交流的习作课；为了让老师们将理论与实践真正打通，避免想的与做的"两张皮"，我又结合具体的课例做了一次习作教学的讲座，告诉他们习作指导的一些具体可行的方法。从课堂观摩到理论探讨再到实践操作，我将自己的所能毫无保留地拿了出来，与老师们分享。老师们也逐渐从迷茫到清晰，有了想法，想跃跃欲试，"吴兴语文"教育的种子悄悄地在青溪小学落地，催开了青溪的教育之花。

到青川不久，县语文教研员王子君老师就慕名而来，邀我为全县的语文老师上一堂习作课，并参与以后的"送教到校"活动。我欣然应允。于是，我一门心思地钻进了习作教材中，与一起援川的贾冬梅老师交流探讨，数易其稿，设计出了一堂既能凸显"吴兴理念"，又具有"青川特色"的习作课，并在全县一百余位老师面前呈现，收获好评。"这样的习作课，我还是第一次听，上得真好！""原来习作课应该这样上，我也想去试一试。"听完课的老师异常激动，他们认为我的习作课为青川的习作教学提供了一个很好的蓝本，他们知道以后应该怎么做了。

尔后，我们就辗转青川的四个片区，开始了"送教到校"。早晨披着满天星辉出门，晚上顶着一轮明月回校，这种"披星戴月"的日子，虽然很累，但很值得。送教的途中一波三折，意外不断，中途停电了，没有实物投影，这样的小插曲却衍生出了更多别样的精彩。"一支粉笔，一块黑板，一个老师，一群孩子。尽管如此，课堂依旧熠熠生辉！因为有了教师的诙谐与睿智、淡定与从容，才会有精彩的生成。"青川的语文教研员在她的朋友圈里这样写道。送教路上，感动连连：因为老师们都想让学生感受不一样的习作课，所以我的课堂也成了多年级融合的复式班；一位快要退休的老师还在向我要课件与资料，还要去他的课堂试一试；两位羞涩的女生找到我，要加我的微信，要和我留影；一个班的孩子悄悄地做了贺卡送给了我，又为我表演起了他们自己编排的小话剧……

一堂课，影响了一群人，我很欣慰。

离别戚戚，后会有期

离别总会在不经意间不期而至。当我已然融入青溪的工作和生活时，归期却已提上日程。得知我快完成援川工作回吴兴时，班里的学生、家长怅然若失。那天，一位家长泪眼婆娑地询问——"朱老师，你明天要走了"，引得在场的家长都纷纷落泪哭泣；好多家长送来了他们自家的特产，让我一定得收下；班级微信群里满是家长的留言，诉说着不舍，表达着祝福；得知我要走，孩子们悄悄抹泪，我与他们约定：好好学习，长大了可以来浙江读大学，来浙江找朱老师。那天站在学校的林荫道上与我道别，他们一个个哭成了泪人；学校特意开了欢送会，会上好多老师红了眼眶，我也数度哽咽，发言好几次中断……半年虽短，感情却深！回到吴兴，班里的一个孩子给我寄来了一本关于青川唐家河的书，这是他爸爸工作单位的宣传册，一本新华书店也买不到的书，所以格外珍贵，他说想我想得生了病；班里的一些孩子对家长说要好好读书，长大了要来浙江上大学，要来找朱老师……乐安小学是我送教的其中一站，六年级的孩子们托他们的校长给我发来了视频："朱老师，你好久（多久）回来看我们？"看着这一张张并不熟悉的脸，听着他们真诚的话语，我的内心波澜起伏。

在青川的半年，许多事来不及做，许多事没能做好！看到朋友圈中青溪同事拍的照片，听着电话里熟悉的乡音，我又开始想念在青溪的日子了。只是，那些山下绽放的油菜花，那些爬满围墙的粉蔷薇，那些刚刚吐出新绿的灌木和群山……那些只属于青溪春天的风景和气息，怕是我再也无缘见到了。但在青川半年所经历的点点滴滴，却已幻化成一份美丽的情愫和希冀，让我平淡如水的生命变得如此美丽！

如果可以，我还愿意去援川！

（朱梓华，女，湖州市作协会员，吴兴区妙西学校教师）

木里下乡记

周增辉

又可以下乡了。

得到下乡的机会，就像得到了刮彩票的机会一样，虽然不知道刮开彩票等待我的是"谢谢惠顾"，还是"一等奖、二等奖"，但是期待是少不了的。

下乡意味着什么呢？对工作而言，意味着将我们精心准备的书籍、资料、节目送到远离城区的边缘地区；对当地百姓而言，意味着外界信息、多样文化的输入；对我而言意味着一次新的发现，一场异域文化的人文调研。

2020 年 12 月 5 日早上九点，我们自县城出发，从县城到东郎依旧风光无限，只因上月来过，心中便淡定了几分。车行高山之巅，遇有背阳之处，冰雪尚未消融，暗冰随处皆是，尤其是下坡的阴湿处，司机驾车都万分小心。经过一路的千转百回，下午四点二十分到达下乡的第一站——东郎乡。

在白丁民宿安排好住宿，我拎着相机晃荡在乡镇。从村头的转经堂走到村尾的白塔群，每个遇见的藏族同胞都对我投以微笑，我也付以真诚的微笑。

街上大约初中年段的孩子摩托车都能开得很娴熟，走来一位漂亮的小姑娘，镜头对着她按下快门时，她羞涩地笑笑，等我再举起相机时，就躲在她妹妹的身后了，我哈哈大笑起来。

从乡镇的这一头到那一头，更确切地说是从绒佐村的这一头到那一头不消十分钟便已走完。相对于村居的少，杂货店和民宿、旅馆却出奇地多。这里到稻城的县府金珠镇只要一个小时，而到木里的县府乔瓦镇却要七八个小时。自然而然地，东郎的藏民进货、赶集都会选择去稻城。

村头和村尾的转经堂，都安置着一个硕大无比的转经筒，直径足有两米多。不同的是村尾的转经堂旁还有八座一字排开的白塔，每两座白塔下又有六个直径约一米的金色转经筒。

在藏乡，这样的信仰建筑极像我老家的五圣殿，又像安吉的三眼马王爷。不同的是这里的白塔和转经筒处于唯一的绝对地位，而不是我老家或安吉的马王爷，是必须有但地位不高的存在。

日暮天寒，许多从庄稼地里忙完农活的人从山上返回村里，就坐在村尾转经堂前的条石上闲聊，聚了又散，散了又来。

在村尾桥头摊开折叠桌，用钢笔画勾勒他们的转经堂，引来一群小朋友围观，阵阵惊呼，纷纷问：你是不是画家？是不是摄影师？一位身穿绛红色藏服的老人，翘起大拇指点赞。围观的小朋友拿起我的单反，相互摆动作、拍照、聊天，意犹未尽，我们相约第二天下午还在桥头见。

晚饭后早早躺进被窝，写笔记，看《西藏一年》。

第二天，手机一直没信号，司机叶师傅说，这里靠光伏发电，太阳出来一个小时后手机才有信号。

早饭是糌粑、酥油茶、馒头、稀饭、榨菜、煮鸡蛋。吃完早餐去杂货店买练习本，藏家老板娘兴冲冲地给我拿来一个洗脸盆。

上午在东朗小学开展三下乡活动，书籍、宣传资料一一送到藏民手里。当地藏民编排的山歌《古老的故事》、舞蹈《钢珠》《甘孜踢踏》等也是精彩纷呈。藏族是天生舞蹈的民族，也是天生歌唱的民族。

下午按约到桥头，看到一排单层的矮房，孩子们介绍说，这是边远村落的小学生住处。因学校离家太远，他们就在这里租下单间，由爷爷或奶奶照顾孙辈，只有在周末的时候才回家。每个房间大约二十平方米，房内没有灯，一个火塘燃着火焰。没有床，就在火塘的对面空地上，用油布格挡，算是爷孙俩的"寝室"。"寝室"内一团漆黑，很像在桥洞里放置被褥简单就寝。

我跟孩子们说，把你们的名字打在手机上，我回去后给你们寄信，送画给你们。孩子们欢呼雀跃。

第三天到达麦日乡，日龙村、哈龙村处在层层梯田之间，甚是漂亮。在麦日乡，见识了藏区鼎鼎有名的曲公伸臂桥。

曲公伸臂桥是当地藏民就地取材、因地制宜创建的一种木结构拱桥。全桥只用原木、石料建成，用木榫、木楔固定。

朝阳下，曲公桥的桥面已极度倾斜，好似年迈的老者垂垂老矣。据同行的马老师介绍，此桥是木里县境内最古老、最具代表性的伸臂桥。

好想用文字、照片、画笔记录下这一切。虽然下乡长途跋涉，上山风尘仆仆，虽然肚子翻江倒海，肠子七荤八素，但是所有路途的颠簸都是收获的铺垫，所有行程的辛苦都是惊喜的伏笔。

是啊，曾经走过的路，读过的书，练过的画，受过的苦，到最后都会变成光，照亮我们的前路。

党徽照耀留童心

洪明强

冒着疫情去支教

在青川的每一天，我都被一个个留守儿童那纯洁的心灵、对美好生活的渴望感动着，我的思想感情，如同滚滚的乔庄河水奔腾不息。

支教前，我曾想象过青川的模样：绿水青山，两旁一座座大山苍翠欲滴。新建的县城一定很漂亮，青川乔庄雅戈尔博爱小学（简称乔庄中心小学）教室宽敞、明亮。去年本该 2 月前来青川支教，因受疫情的影响，拖到 4 月 21 日才与湖州塘甸小学的陈家斌老师一起，从湖州赶往青川，当我真正踏上青川的土地，感觉青川县城并不热闹，街上的商店也没有江南小城那么密集。青川是浙江对口援建的贫困县，在青川的县城，到处可以看到感恩墙、感恩桥、感恩广场等，表达了青川人民对包括湖州在内的浙江各援建城市的感激之情。

第二天，校长为欢迎我们这两位"扶贫协作、对口帮扶"的支教老师，专门趁午饭的空歇，与我们一一相认，他压低嗓子轻声说："我们青川县是四川省的贫困县，也是全国重点的扶贫对象，党中央高度重视，经常派省市领导来学校视察。我们学校有九百多名学生，其中留守儿童就有一百七十八名，这是一个不小的数字啊，可真正需要扶贫帮困的学生更多，我们肩上的担子艰巨而繁重，任重而道远，希望我校的老师，与湖州来支教的周璇老师、陈家斌老师一起携手，把知识传授给自己的学生，让那些留守儿童，在学到知识的同时，远离贫困，过上富裕美好的新生活。"校长说话时情绪有点激动，但字字掏心掏肺，句句情真意切。

青川县，是一个具有两千三百多年历史的古县，历史底蕴深厚，古诗云："峨峨高山巅，浣浣青川流。"1935年4月，红四方面军长征路过青川，进行了打土豪、分田地、分财物的斗争，并建立起县、区、乡苏维埃红色政权。1949年12月，解放军第十八兵团六十二军奉命攻打青川，同月19日，青川得以解放。

青川县，地处四川盆地的东北部，和川、甘、陕三省交界，白龙江下游，与汶川同在一条地震带上，由于三面群山环绕，交通不便，加上2008年那场大地震，导致至今经济还比较滞后，大批务工人员纷纷外出打工，留守儿童依靠爷爷奶奶、外公外婆照顾。清清的乔庄河水绕新县城乔庄镇而过。乔庄镇中心小学是一座援建小学，校区的操场、体育设施、教学大楼在当地算是最好的。

一双新鞋见真情

自从接手英语教学工作后，发现我教的那几个班级，课堂纪律都很差，我在上面念单词，或朗读课文时，有的学生在下面笑，有的学生好像在想着自己的心事，根本没在听，偶尔叫个学生站起来念课文，总是含含糊糊、支支吾吾，新同事常提醒我："这里都是山里娃，上课静不下心来，你可别恼火呀！"

果真，这里的孩子确实活泼好动，有一股"野"的味道。我放下老师的架子，课余时间常与孩子们在操场上玩，和他们进行心与心之间的交流，慢慢地，有的学生开始向我透露心中的秘密，父母外出打工，在家的爷爷奶奶已经年迈，又没文化，沟通起来比较困难，想父母了又见不到，他们感到孤独，学校里小朋友多，聚在一起能玩出童年的快乐，玩出童年的纯真。

面对川浙两地英语课本差异太大的现实，我从学生的学业水平分析入手，了解学生对教学内容的掌握程度，利用教材解读等辅助资源认真钻研教学内容，精心设计符合学情的教学导案，并在课堂上予以高效实施，教学目标达

周璇老师在给孩子们朗读英语课文

成度高，深受孩子们的喜爱。我任教不到一个月，在一次英语单元考试中，几个班级的英语平均分数上去了，与此同时，课堂纪律有了明显好转。真可谓有付出，必有回报。

大多数学生的成绩在稳步上升，也有几个学生仍停留在原地，几次考试下来，我发现501班有个叫涵涵的女孩，英语成绩始终在及格线上徘徊，她每天顶着个"鸡窝头"，头发乱糟糟的，校服脏兮兮的，上课时眼神呆滞，好像总在想什么心事似的，从没见她笑过，那张稚嫩的脸上，缺少了童年的纯真。为了进一步了解她，我渐渐地走进了她的生活。

5月下旬，青川的天气已经很炎热了，每天晌午时分，太阳升至头顶，火辣辣的，地面上冒出蒸腾的热气。吃过午饭，男同学们聚在篮球场上打球，挺开心的；女同学们三五成群，躲在一排树底下纳凉、聊天，或打瞌睡。

有一天，我从大树底下路过，看到涵涵独自一人在树底下抹眼泪，她见到我就转过去悄悄把眼泪擦干，回过头来叫了声："周老师好！"

"你干吗在哭？"涵涵脸上的泪痕还在，我惊讶地问。

"周、周老师，我、我的鞋子顶破了，早上来上学时同学们都在笑话我。"涵涵抬头看了我一眼，又低下了头。

我摸了摸涵涵的头说："这是好事呀，鞋子破了可以买双新鞋，说明你长大了，这有什么可哭的？"

"周老师，你不知道，我妈妈走了，就再也没人给我买鞋了，爸爸常年在外打工，很少回家，奶奶年纪大了，她也没钱给我买鞋。"涵涵说着说着，泪水又顺着脸颊滚落下来。

望着涵涵，我想起了我的女儿悠悠，每天有父母亲宠爱，生活在甜蜜的环境里，空闲时练练钢琴，真是天壤之别。女儿的画面和涵涵的画面在脑海里交织、重叠，我的眼眶湿润了。

涵涵眼含热泪望着我，望着我胸前的那枚党徽，目光久久不愿离去，忽然，太阳从树叶的缝隙间透进来，照在了我胸前，光又从党徽上折射到涵涵的脸上，她没有躲避。我第一次长时间凝视着涵涵，觉得她很纯真、很可爱。不经意间，心底顿时泛起一股酸味，略带着一丝苦涩，我一把将涵涵搂入怀中，喃喃地说："没事的，今天放晚学，老师带你去鞋店买鞋，你等着，我来找你。"

由于放学后和涵涵去街上买鞋跑了好几家鞋店，耽搁了她回家的时间，青川的天要比湖州晚一小时黑，但我还是放心不下这个弱小的女孩，决定送她回家。她带着我沿着一条崎岖的小山路，七弯八拐，山下是悬崖峭壁，好险！我无法想象涵涵每天从这里来回走过时的险情。

到了涵涵的家，那是一幢建在山坳里的土砖平房，房外墙体上的墙皮很多地方已经脱落，门前有一块蔬菜地，地上种有青菜、茄子、毛豆等蔬菜。

"奶奶，周老师来我们家了。"涵涵把我带进了屋，屋里除了一个灶台、一张旧方桌、两张床和一台老旧电视机，只剩空空的墙壁了，趁我和她奶奶说话之际，涵涵去菜地里拔了几棵青菜、茄子，在门前的小溪沟里洗净后，走上灶台准备炒菜。

"让老师来炒吧，你去点柴火。"炒菜时，除了盐，找不到其他调味品。而涵涵坐在灶台后，整张脸在灶火的映照下，稚嫩中透出一点早熟。她笑了，这是我第一次看到她笑，而且笑得很灿烂。出来时，是涵涵把我送下了山。

回到青川县城，已是华灯初上，我没有去学校，而是去了乔庄河畔。望着夜幕下的乔庄河水，望着河边的点点灯火，我摸了摸胸前的党徽，心想，该为留守儿童做些什么呢? 我内心百感交集，难以平静。

捐钱捐物改教材

锐锐，十二岁，501班的一个孤儿。他瘦弱矮小，个子比其他男孩要矮不少。前几年，妈妈因承受不了贫穷的生活，悄无声息地走了，那年锐锐才六岁，爸爸发疯似的四处寻找，在寻找无果的情况下，精神几乎崩溃，回家后服毒自杀。家散了，是锐锐的叔叔收养了他。

锐锐是个十分内向的小男孩，在学校不爱说话，不爱跟同学交往，学习成绩上不去，他几乎对自己封闭起来，平时总是独来独往。有次上课时，我叫他站起来背英语单词，他站在课桌后面低着头，一声不吭，当地老师看到后，把我叫出教室说:"锐锐是个孤儿，他会背英语单词，但就是不愿读出声来，他就那孤僻的性格。"

去年秋季刚开学，广元市委领导带着文具来乔庄中心小学调研，并在操场上为留守儿童进行了募捐，所捐的钱物，全部捐给乔庄中心小学的学生。募捐结束后，市委领导在全体教师会上说:"老师们，我们学校学生的家庭条件并不富裕，尤其是那些留守儿童，一百七十八名，占全校学生的近五分之一，我们要不忘初心，牢记使命。只有让这些学生彻底摆脱贫困，过上无忧无虑的生活，我们才无愧于一名真正的共产党员!"

学校将捐给留守儿童的钱物派老师送往他们的家中，当锐锐的叔叔在出租屋里拿到捐款捐物时，感动得语无伦次:"谢、谢谢! 感谢党! 政府! 学校!"而站在边上的小锐锐，还是缄默不言，突然，他举起右手，向前来送捐款捐物的老师行了个少先队队礼，这让老师十分意外。

留守学生因贫困、家庭等原因，学习成绩始终上不去，这是我在支教中遇到的最大一个难题。经过深思熟虑，我决定找锐锐、涵涵等学习成绩差的学生谈次心，然而，在办公室谈心，其效果甚微。有一天午饭后，我叫上锐锐、涵涵，在操场一个僻静的角落坐了下来，讲了当年红四方面军长征时路过青川，轰轰烈烈打土豪、分田地的故事，他俩静静地听着，我继而话锋一转说："你俩在上课时，能像现在听故事那么认真听，我相信，你们的成绩一定会进步很快。"

我调整了"照本宣科"，编写了更接地气的英语教材；与此同时，我又改变了"刻板教学"的单一课堂模式，从原先的只读课文，到如今的看英语小剧，唱英文小曲，演英语小品，使课堂上始终有一种轻松、愉快的学习氛围，让学生爱上英语。在一个月后的期中考试中，501班的英语平均分数上升近五分，这让我有点喜出望外，也很欣慰。

由于改变了教案，有一次还闹出了一个笑话。一个学生家长匆匆来到学校问我："这段时间，孩子回到家中，没有英语书面回家作业，为什么？"

我听后笑着说："教案进行了改革，其实回家作业在课堂上已经完成，所以回家不再布置书面作业了。"我耐心地解释了很久，才让这位家长听明白，满意地点了点头，离开了学校。

为严防疫情，501班由锐锐、涵涵等学生组成自愿小分队，监督同学们下课时戴不戴口罩，有没有多人聚集，或了解发热学生的病情，随时向班主任汇报，哪个同学忘带了口罩，有多余的同学会主动拿出来送上去，通过大家的互帮互助，同学与同学之间，学生与老师之间的距离在缩短，上课时由于佩戴口罩，以前喜欢和同桌说悄悄话的学生变乖了，各门主课的学习成绩在稳步上升。

向国旗党旗敬礼

青川很早就进入了冬季，最低温度接近零下十摄氏度，整条乔庄河被冻得严严实实，12月初就开始降雪，纷纷扬扬的雪花漫天飞舞着，山坡上、校园里，整个青川县城白雪皑皑，银装素裹。

今年下雪天学校没有停课，因年初受疫情的影响，落下的课程要补回来，可老师们在担心，天寒地冻的，路上的积雪还没融化，无疑给家在县城附近农村的学生带来诸多不便，上学迟到的学生在增加，校长告诫老师们：受天气影响，上学迟到的学生，不许批评，还要多关心他们衣服是否穿暖了？早饭吃了没有？

有一天，外面正下着大雪。为迎接期末考试，我对学生所掌握的英语单词逐一进行摸底，于是，挑选了几个以前英语基础差的学生，来办公室背单词，第一个来办公室的是锐锐，没想到，他英语进步很快，无论在单词的音节、咬词、朗读流畅方面都把握得十分到位，让我深感意外。

涵涵是最后一个来办公室的，只见她穿一件单薄的滑雪衣，脸颊被冻成紫红色。还没等我叫她背单词，她就把课本上的英语单词，滚瓜烂熟地背了下来，我要她背第七课课文，她三下五除二，很流畅地背了出来，我激动地向她翘起大拇指，没想到她的手又一次摸了摸我胸前的党徽，我感觉有一股暖流猛地传入了体内。

我无意间嗅到了一股奇怪的味道，啊，冻疮！涵涵的手背上长满了冻疮，已经化脓，冻疮已破皮，脓液渗出皮肤在往外流。我一阵恶心，忙转过身去，幸好我的表情没让涵涵看到。我想到童年时也长过冻疮，但只是皮肤起个疙瘩，痒痒的，母亲说冻疮是不能挠的，否则会破皮。

我缓过神，转过身来，凝视着涵涵那双长满冻疮的手，五味杂陈涌上心头，我在办公室里，当着老师们的面，又一次将涵涵搂进怀里，像搂住我的女儿，紧紧的，我甚至听到了涵涵的心跳声。老师们看到此情此景，拍手为我们点赞。

当天，我通过网购，买了两盒冻疮膏，第二天涵涵来上学，从我手中接过冻疮膏时，眼神似乎有点惊讶。几天后，涵涵手背上的冻疮已结痂，看来，这两盒冻疮膏还真起到了抗菌消炎的作用。我又买了一件羽绒服让涵涵穿上，涵涵张了张嘴，想说点什么，却欲言又止，她又看了一眼我胸前的党徽，转身离开时说了句："我如果有像周老师这样一个妈妈，那该有多好！"

临近寒假，同学们期末考试以平均分高出期中考试三个百分点的成绩，向老师们交出了一份满意的答卷。

学期结束那天，涵涵、锐锐和同学们来到办公室给我送行，大家虽不说话，只是默默地向挂在墙上的国旗、党旗，齐刷刷地行了个少先队队礼，并与我挥手道别……

（洪明强，湖州市作协会员）

十年再忆阿克苏

胡沈军

2010 年 10 月 10 日，我们一行十九人来到新疆阿克苏教育学院，开始了为期一年半的支教工作。十年弹指一挥间，但人、事、景历历在目。

远 行

从杭嘉湖水乡平原出发，一路西行，掠过丘陵、高山，跨过长江、黄河，穿越沙漠、戈壁，行程万里，终于到达阿克苏。

途中穿越嘉峪关上空时，虽不乏"一骑才过即闭关，中原回首泪痕潸"的感伤，但更多的是"大漠孤烟直，长河落日圆"的雄奇激荡在我的心间。

我仿佛觉得自己也是在征战沙场。虽没金戈铁马、滚滚狼烟，但我将用智慧和辛劳，与同事们一起完成本次"双语教学"培训任务。据省教育厅领导讲，以往都是新疆老师们来浙江或其他东部省份培训，这次我们直接选派人员赴疆开展培训，是全国首次试点。但像我这样一直在小学数学教学领域里默默工作的人，怎么从专业角度渗透汉语教学？怎么跟汉语基础并不是很扎实的少数民族老师讲解教材教法？这是一次考验。

抵达阿克苏前，想象它的模样，一定是黄沙漫漫，几丛沙棘，几株胡杨，星星点点绿在那湾"清澈流淌的水"。可一下飞机就看到满眼的绿，虽然叶上沾满尘土，毕竟生机挡不住，我的心情一下子放松许多。"塞上江南"的美誉一定不是徒有其名。当阿克苏教育学院的大门向我们一行人徐徐打开，我坚定地下了车，与身边的新同事并肩走在了一起。

神　木

千年胡杨横卧山冈，它已经死去，不再有新芽在枝头绽开。然而，不朽虬枝依然盘根错节、卧龙伏虎。这棵神木就像一位古代戍边的老将军，征衣已褪，而笑卧沙场的豪情又怎会随时间烟消云散？指引牌上一千五百年的树龄，让我们静默，久久凝望着神木光秃秃的骨架。我们仿佛被神木的魂魄注视着，指引我们向新征程的方向坚定前行。

在它身边，许许多多没有标出树龄的小树围拢着，努力挤开其他古树繁茂的枝叶向上伸展，寻找空间，寻找光明。

要知道，这些树木生存是何等艰难！上边是天山雪岭，万年冰川融化的雪水顺着山谷流淌下来，寒冷异常。我们在溪流中只是洗洗双手，就冷得指关节

胡沈军在宿舍里认真办公（熊晓燕摄）

生生地疼。才是初秋，头顶艳阳高照，树荫下已凝结出零星的小冰块。除了这片不大的树林，周边虽不完全是什么不毛之地，裸露的大地显然由于过分的冲刷不再有多少肥力，只有几棵顽强的牧草稀稀落落地在砾石间透出暗淡的灰绿。

在这样的恶劣环境下，这些大自然的精灵，硬是突破层层荒芜的围堵，在天山下建立自己的领地。难怪知情的人们纷纷劝我们一定要去神木园看看。

这样想来，比起神木园这些精灵的生存环境，我们的工作环境还是不错的。同原单位的条件不好比，但省教育厅、省援疆指挥部、阿克苏教育学院已经为我们想了许多办法，解决了许多问题。吃、住、办公条件、教学设备……都比原先设想的要好一些。前几日，还有抱怨，今天看了这些神木，我们欣然接受，埋头工作，力争早出成绩，出好成绩。

沙　尘

3月初，漫天飞沙还没有来到。据当地老师讲，每年这个时节是沙尘暴最多的时候。没有经历过，无法想象会是怎样的情景。

当沙尘真的到来，像我这样在江南长大的人就得手挠头皮了。前几天还是蓝天白云旭日高照，一下子，太阳的舞台就更换了背景，瓦蓝被土黄替换。房门都关紧，可沙尘就不知从哪里挤了进来，不客气地占据了桌面、窗台、椅靠……一切平面的地方，它都喜欢得不得了，赖着不走。抹布前脚把它请了去，它后脚又迅速地踏了过来。我们的手脚再勤快，还是没有它步伐轻灵。就像武侠小说中会凌波微步的高手，无声无息，自由穿行。这个时刻，我们永远不是它的对手，真受不了它的疯狂和无休无止地闹。

真正的飞沙还没有登场，序曲就已经让我们惊讶。还能怎么办呢？只能鼓足勇气坚持。

亮　相

第一次亮相，我很重视。前一晚睡觉前，还拉着同学科老师一遍又一遍地询问他上课的感受。临睡时，我又反反复复思考明天的教学流程。

第二天早早起来，我又打开电脑，将教案和课件详细浏览一遍，提醒自己不要遗忘教学环节。晨练后，趁着身上微微出汗，我又给自己洗了个澡，从头到脚换了身行头，干干净净。早餐后，在办公室泡上一杯菊花茶，菊花的清香让我渐渐从忐忑中平静下来。

我提前来到教室，接上电源，打开电脑，翻开教材，将事先准备的板书设计放在电脑边上。上课了，简单自我介绍后，我要求学员们用普通话与我对话：全班一共有多少学员？你们是怎么知道的？学员们能流利地用普通话进行回答：我们开班时就知道了；我是一个一个数出来的；我是分小组数出来的……流利的汉语，仿佛我面对的不是 MHK（少数民族汉语水平）五级及以下的少数民族学员。

我课后反思，今天课会这么顺？这是不是一种好现象？我问学员，这样上课感觉怎么样？有学员用生涩的汉语说："老师，你慢慢地讲。"其他老师帮我分析，这个班级语言基础可能不错，但课程是小学数学专业汉语，主体还是汉语，属于语言类课程，你是不是在语言训练上花的时间少了点？我恍然大悟，原来我有点背离教学目标，把专业汉语课上成专业基础知识课了。

不过，值得庆幸的是，我遇到了一批善于学习、善于思考的学员。学员们也与我争辩数学问题、汉语句式、关联词的使用、教学的基本流程等。我也不是一位刻板的老师，会根据学员的实际情况和教学反馈情况及时调整我预设的教案，我想，接下去的教学任务一定能完成得更加出色。学员们终于满意地露出了笑容。

学生时代的座右铭再次激励了我——每天每天，我都被一个灿烂的自信鼓动着！

关　怀

第一次过古尔邦节，已经不知道具体是哪一天了。上午，换下床单、被单、枕套，大清早就勤快地洗了起来。因为没有洗衣机，都手洗，所以，整整忙活了一上午。

等停下来了，假日的安静就体会得到了。除了我们这十九人，没有其他人影。渐渐地，这种安静就成了寂寞。我静静地坐在长椅上，任凭梧桐的落叶从枝头飘落。初冬的阳光照在身上，我也并没有感到多少暖意。其他几位同志也如我一样，慵懒地坐在草地边，下棋的下棋，聊天的聊天，嗑瓜子的嗑瓜子，实在无所事事就坐着发呆。

省指挥部的领导一定是想到了我们的冷清。下午，指挥长不打招呼就跑来慰问。草绿的越野车进校园时，车轮带起的落叶翻腾、欢呼着迎接他们的到来。手手相握，几句寒暄，领导们走进我们宿舍，问起冷暖。指挥长和我们一起合影留念。没有仪式，没有场面，简简单单，让大家有一股说不出的感动。家乡真好！有家乡的坚实后盾，有家乡人民的关切，有家乡领导的关心，我们虽然远在万里之外，任务艰巨，条件艰苦，抛家舍子，但温暖却总能恰如其分地来临，我们岂能辜负？

临走时，送上节日慰问品——每人一箱阿克苏苹果。至今，这箱阿克苏冰糖心苹果的甘甜还能记起，咂咂嘴，果香就从唇齿间偷偷溢出来。

春　天

阿克苏的春天尽管姗姗来迟，但终于还是来了。教育学院门口大街上那两排柳树，站在宿舍楼门口望去，能看出柔软的枝丫已经泛着淡淡的绿，只是由于蒙着一层灰灰的土，没有江南烟柳的亮丽罢了。

宿舍楼前的白杨树，树梢上垂着一个个桑葚样的花，暗紫色。我捡起一颗放在手心，像一条可爱的毛毛虫。我的手轻轻抖动，它也随着微微颤动着，像极了。我轻轻地颠了两下，毛茸茸的花蕊间抖落出许多淡黄的花粉。它们会不会幻化成一只只美丽的蛱蝶，趁着春日清晨的寒意，自由飞舞在阿克苏的山间、河谷、旷野、果园？

这样的春意来得还是有点艰难。为了唤醒沉睡中的阿克苏的春天，街道两旁的草地里、学院的花圃中、宿舍后面的树林间，只要有需要的地方，所有水龙头通通打开，不停地浇水。食堂后的深井启用了，抽水机不停地工作，清澈的"阿克苏"（阿克苏是维吾尔语的音译，意思是"白色的水"），顺着排灌沟，将这些地方全都灌满，形成一个个浅浅的水潭。干裂的土地渴极了，不停地吐泡泡，从裂缝中咕嘟咕嘟往外冒。那两只经常站在树枝上的布谷鸟和穿梭在塔形柏树间的数只鹩哥，看见久违的水潭，纷纷落到地上，将喙埋入水里，吸足满满一嘴后仰起脖子，兴奋地咂着嘴，然后满足地飞上枝头，用清脆的叫声呼朋引伴，一起享受春光的美好。

我们生活在城市，养绿一片草地、养好一批树木尚且需要花这么多工夫，要是在农村、在戈壁、在沙漠要养好一棵草、一棵树，那是多么不容易啊！想起省教育厅一位领导在临行前对我们提的要求，让我们学习红柳精神，学习它的顽强。现在才知道，那是多么可贵的精神！此时，我对阿克苏的绿产生了近乎崇拜的尊敬。我不得不静下心来，摊开床桌，打开电脑，敲击键盘，记述我的心情。

现在想来，这样的崇拜其实从到阿克苏不久就有了。第一年冬天，到阿克苏后大约三个月，由于房间缺少绿意，我从学院附近的金桥花鸟市场买了几支富贵竹，随手插在几个空瓶子里。我也只是每天看看瓶子里是不是需要添水，没有过多在意它们的生长。可它们，在经历了无人照料的寒假后，顽强地活下来了，长出了新绿，嫩嫩的，让我感慨大自然生命力的顽强。

我们需要的也是这样，不要太多空想，只需默默努力，做好属于自己分内的事。通过严谨的教学传授知识，通过平等的交流，与学员建立良好的师生关系，让学员喜欢学习，爱上普通话，爱上中华文化。一天一天陪伴着这群年轻好学的少数民族老师一起成长，实现他们能用标准普通话走上讲台的任务就不会太遥远了。

后　记

十年过去了，我时常想念援疆的兄弟姐妹，想念和他们并肩走在一起的日子。那时，我们一起在戈壁荒漠望月，一起在绿洲白水听禅，一起探索教学规律，一起完成科研任务，一起谈天说地，一起品酒论茶，彼此真心以待。昔日同行者的深厚涵养、高尚人品、扎实学风，至今依旧润泽我贫瘠的心田。

（胡沈军，高级教师，湖州市吴兴实验小学教科室主任、工会主席。曾作为浙江省第七批援疆专业技术人员，于 2010 年 10 月—2012 年 2 月，在阿克苏教育学院支教，获得新疆维吾尔自治区党委、人民政府颁发的"第七批优秀援疆技术人才"、浙江省援疆指挥部颁发的"援疆系统优秀共产党员"等荣誉称号）

饭卡传递爱心

陈建忠

新疆阿克苏地区柯坪县的湖州国庆中学，是一所由湖州援建的全日制高中，成立于 2019 年，也是柯坪县唯一的独立高中。

湖州国庆中学由国家财政补贴，学生就读高中，不仅学费、书本费、住宿费全免，还享受国家助学金补助，极大地减轻了老百姓的负担。但是，尽管如此，依旧有一部分孩子因为家庭贫困，在学校的生活很困难，他们为了节约五六元一顿的餐费，经常不去食堂吃饭，这让我心中很是难受。读高中的孩子正是长身体的时候，尤其需要吃好饭，有营养保证，于是，我决定请德清在该校援疆支教的沈雪清老师牵线搭桥，资助几个家庭困难孩子的生活，让他们在学校好好吃饭，保证营养，帮助他们健康成长。

通过学校领导和班主任沈老师的排摸，确定了三位高一的孩子，准备资助他们三年在校的餐费，我取名为"爱心饭卡"活动。从 2020 年 11 月起，每学期一千元餐费，即每月两百元，直接由沈老师帮助充进孩子们的饭卡。

第一次与自己资助的孩子们相见的时候，孩子们的眼神是兴奋、激动的，他们对突然到来的资助很感激，围着我不停地说着"谢谢"，还不停地给我鞠躬，让我不知所措。其实只是每个月两百元而已，真的不多，但是他们是那么感激。

1 号小女孩祖丽米热，长得清秀可爱，一双大眼睛尤其迷人，即使戴着口罩也藏不住她那天真可爱的小脸蛋。她家有八口人，父母是普通农民，除了家里的四十亩地，没有额外收入，但要养育四个孩子，还要赡养两位老人，她的姐姐已经考上大学，读大学的费用占据了家里的大头开支，两个弟妹还在念小学。这样的家庭负担，着实艰难。幸好国家对新疆的帮扶政策好，从幼儿园到高中的教育都是全免的，甚至还有补助，才得以让四个孩子都能接受教育。祖丽米热深知没文化就没前途，读大学的姐姐也告诫弟妹们要努力读书，考上大学才有改变人生的希望，所以她特别努力，成绩也一直在班级里名列前茅。这样乖巧懂事的孩子，看着真让人喜欢和心疼，她值得被呵护，值得被善待。在接受资助后，她更懂得了感恩，懂得要用好成绩回报叔叔的爱心，也更促进了她努力学习的心。看到孩子如此励志，我真心欣慰。

2号女孩艾柯代，显得成熟而忧虑，不太爱说话，总是羞涩而腼腆。她家里四口人，还有奶奶、妈妈、妹妹，单亲妈妈养育两个女儿并赡养年迈的母亲，想想也是艰辛的。所以作为长姐的她，眼神中透出的是成熟与担当的光芒。她的妈妈是一位学校后勤人员，收入不高，并且右眼几乎失明。她们一家人不是农民，没有土地建房，也没有耕种收入。房子也是刚买的，想必为了有一个稳定的家也是掏空了所有。她在校学习很努力，成绩也是班里前五名，考上好大学是她最大的心愿。对于得到资助，她心中很是感激，她暗下决心快快长大，以后也用自己的力量去回馈社会。

3号艾力江，是一个身材高大的男孩，很有礼貌，初中三年他接受了援疆教师的教育，所以眼界相对开阔，也更显得落落大方一些。他身体不太好，做过两次胸部手术，所以体质较弱，也不能干重活。艾力江的家在农村，家里有父母和四个兄弟姐妹，家里收入就靠家中土地里的棉花和父母偶尔的打工。他的病花了家里很多钱，所以家庭十分困难。据沈老师介绍，艾力江经常会跑到她的办公室跟她聊天，说说他的情况，也会来咨询如何让自己学得更好，会来诉说学习上的困惑和烦恼等等，这些表现倒很像我们湖州的孩子，落落大方，把老师当作朋友来相处，这点很令人欣赏。他学习很刻苦，经常很早就起床去写作业，很晚才睡觉。他就是想考到发达地区的大学去，想去看看外面的世界。他很感恩被资助，多次问沈老师该拿什么来报答社会，报答资助他的陈叔叔。我对他说："只要你开开心心的，健健康康的，尽力读书了，就是最好的报答了。"

每一个孩子都是天使，他们都应该被善待，家庭贫困不是他们的错，幸运的是国家政策好，他们依旧可以接受正规教育，更幸运的是，他们的努力得到了领导和老师的肯定，也有幸与万里之外的我们结缘。资助的力量虽小，但是我们相信精神的鼓励更值千金。一份小小的爱心，让这些西域戈壁滩的孩子们可以感受到来自祖国、来自社会的大爱，从小在他们心中播下爱的种子，相信他们主宰社会，成为新疆栋梁时，也会对我们的祖国充满爱，对社会充满感恩的。这也是大爱新疆、民族融合、民族团结一家亲的完美写照。

（陈建忠，又名陈梦浪，浙江绍兴人，德清新居民，中共党员。从事公益活动十七年来，从独立一人助学到组建"梦浪公益"平台，吸引四百多名志愿者一起致力公益活动。爱心温暖浙江、云南、贵州、甘肃、海南、新疆、四川等省四百多个困难家庭的孩子，发放助学金三百多万元。已经资助完成学业三百余人，有八十六人顺利升入大学）

跨越千年的牵手

沈文泉

在因为"双枪老太婆"而闻名全国的华蓥山的山顶上，有两块岩石像一对情侣，相拥欲吻，移步换个角度看，已然相拥热吻。这一奇特景观被人们形象地称为"千年之吻"，引得无数游人尤其是情侣在此摄影留念。

望着这对"情侣"，我突然想起了这次采风。由湖州市文联组织开展的这次采风创作活动，主题是"共画同心圆，携手奔小康"，旨在用文学艺术的形式，形象生动地展示湖州市与四川省凉山彝族自治州木里藏族自治县、广安市广安区、广元市青川县开展扶贫协作，携手贫困地区共同奔小康所取得的成就，讴歌援川干部远离家乡、远离亲人、艰苦奋斗、无私奉献的动人事迹和高尚品格。这种跨越千里的牵手，源于五千年血浓于水的民族情感，更源于中国共产党领导下社会主义大家庭的手足亲情。如果说，民族感情还只是让我们共饮一江水深情相望的话，那么党中央东西部扶贫协作、携手合作同奔小康的号召，恰似移步换景，让我们更加亲近，相拥相吻了。

因此，东西部的牵手，湖州与四川的牵手，不仅是跨越千里的，也是跨越千年的。

蜂蜜的味道

2020年11月3日下午，在湖州援建的木里县巴登拉姆农业投资有限责任公司产品展示厅里，我拿起一只小木勺，舀了一小勺蜂蜜放入嘴中，顿时，一

木里巴登拉姆公司开发的特色农产品（邹黎摄）

股无与伦比的甜蜜在我的味蕾和血液里荡漾开来，令我沉醉。

我从未品尝过这样的甜味，那么浓，那么醇，那么耐人回味。

这是野生蜂蜜"百花蜜语"给我的独特感受。

"百花蜜语"是巴登拉姆公司众多地方特色产品中的一款。

地处青藏高原和云贵高原结合部的木里县，是遥远的香格里拉的核心区域，传说中的世外桃源，我们在木里下榻的酒店就叫香巴拉大酒店。"香格里拉"和"香巴拉"都是藏语"极乐园"的音译。这个与世隔绝、连木里王却特·强巴都不知道"中国是皇帝管还是总统管"的"群山中不可思议的仙境""上帝的花园"，最早是由美籍奥地利人、探险家约瑟夫·洛克（1884—1962）在20世纪20年代才将它与世界联系在一起的。洛克对木里的三次探险之旅，后来成为英国作家詹姆斯·希尔顿（1900—1954）创作那部令无数西方人神往的长篇小说《消失的地平线》的主要素材。

今天的木里县面积一万三千多平方公里，比两个湖州还要大，人口却不到十四万，只有湖州的百分之四点六，真正的地大物博，人口稀少。这片平均海拔三千一百米、森林覆盖率百分之六十七点三、空气中负氧离子含量超过平原地区两百倍的森林王国、人间圣域，生长着很多珍贵的松茸、灵芝、黑木耳、雪莲花、羊肚菌、猴头菌、冬虫夏草和丰富的中草药材、藏药材，草原上放牧着成群的黑牦牛、白羊群、枣红马。然而，长期以来，由于缺少资金和技术，木里被列为国家级深度贫困县，全县人民只能捧着金碗讨饭吃。

为了帮助木里人民脱贫致富奔小康，湖州市委、市政府响应党中央东西部扶贫协作的号召，从 2015 年开始，安排德清、长兴、安吉三县合力帮扶。

为了打赢脱贫攻坚战，帮助木里人民致富奔小康，湖州市帮助木里县投资建设了集生产、加工、仓储、物流、销售、电子商务、旅游体验、产业孵化、培训培育于一体的"木里县现代农业产业园区"。巴登拉姆公司是园区里的一家骨干企业，是湖州援木里工作组根据木里盛产灵芝、松茸和冬虫夏草而没有深加工技术的实际情况投资援建的。这家公司开发生产的牛肝黑菌、黑皮鸡枞菌、青杠菌、松茸酱、野生苗酱、青花椒、核桃油、藏香鸡、牦牛干、青稞酒等产品因为原料纯正，加工精细，富有地方特色，深受市场欢迎。我们采风组的作家、艺术家见了这些产品也都喜欢得不得了，纷纷购买，公司里买了不够，还到县政府对面的店里去买，买好后让店家快递回家，争相为木里人民"做贡献"，连我这个平时出门不买东西的人，也买了两包牦牛肉干，带回家后，爱吃牛肉干的妻子说："这牛肉特别软，特别香，好吃，很好吃，是我吃到过的牛肉里最好吃的。"

这些特色产品通过电子商务和现代物流销往全国各地甚至海外，有力地促进了木里经济的发展，也让广大农牧民增加了收入，过上了好日子。

南浔大道

真没想到，在中国改革开放总设计师邓小平同志的故里，居然有一条"南浔大道"。

11月6日上午，当我们乘坐的旅游大巴停在南浔·广安东西部扶贫协作产业园大门口的时候，迎候我们的广安临港经济开发区党工委副书记李帅指着园区大门外面的大马路告诉我们："这条路叫南浔大道。"我们知道，这种命名表达了广安人民对南浔人民的感恩之心。越过南浔大道，我们看到了对面山坡上的一条标语："建好南浔·广安产业园，打造东西部协作典范。"

浔·广产业园自2019年3月9日开工建设以来，南浔区已经向广安区援助各类帮扶资金八点九亿元，实施帮扶项目三十八个，其中有沃克斯电梯、南洋电机、世友地板等五个工业项目，湖羊和跑道鱼养殖、龙安柚和柠檬种植等十八个农业项目，浔栖江南度假区、云朵浔梦亲子乐园两个文旅项目，还有五个民生项目和八个培训项目，帮助二点一万贫困群众实现了就业和增收。

在浔·广园区的展览大厅里，我们看到了整整一面墙的笑脸，足足九十八张笑脸，都是广安区摄影家协会会员们拍摄的饲养湖羊的广安农民的笑脸，每一张都是那么舒朗、灿烂，每一张都生动地传递出幸福、感激的表情。

展厅展板上的信息告诉我们，南浔区"国企引领，三产联动"的扶贫协作模式已经连续两年入选国务院扶贫办典型案例，南·广园区被国家发改委列为中西部承接东部地区产业转移的示范区。

参观好沃克斯电梯庞大的生产车间，走进产品陈列室，观看缩小一半的电梯模型的开闭试验时，李帅高兴地告诉我们，公司每卖出一台电梯，就能为广安赢得一万元的收益。

这是真金白银的收入，也是真心实意的帮扶。怪不得广安人民要由衷地感恩，难怪园区门前的马路会叫"南浔大道"！

"亲人来了"

"亲人来了！亲人来了！欢迎你们！"当我们走出广元火车站的时候，一位戴着眼镜、身穿紫色旗袍的优雅女士热情地迎上来，大方地和我们握手，表示热烈的欢迎。"我叫贾琳，贾宝玉的贾，林黛玉的林，边上一个王熙凤的王。"

从青川县委宣传部办公室干部李容事先发给我的微信知道，带队来欢迎我们的贾琳是青川县政协副主席，和她一起来接站的是县委宣传部常务副部长马建春和副部长刘琪。晚上，县委常委、宣传部长陈明忠又与我们共进晚餐，并饶有兴趣地观看了两地书画家的交流笔会。不仅如此，我们所接触到的青

吴兴·青川东西部扶贫协作产业园区（邹黎摄）

川县干部群众都亲切地称我们"亲人"，这也让我们感到很意外。

见我们的人都齐了，贾琳有力地挥了一下手臂，爽快地说："亲人们，我们走。"

我们赶到青川县竹园镇政府，在机关食堂吃好午饭，已经是下午一点半了，留给我们的采风时间只有短短的半天，因此行程紧凑，马不停蹄。

青川是名副其实的青川，我们的车子一直在山川里盘旋、奔跑，两边都是绵延不绝的青山，山清水秀，风景优美，但在2008年5月12日的大地震中，青川遭受了重创。受灾后，浙江省委省政府按照党中央统一部署帮助青川县灾后重建，迅速选派首批三十八名挂职干部抵达青川，开始了为期十年的援建工作。整个青川重建过程中，浙江累计选派援建干部三百三十二名，工程技术人员一万两千余名，出资八十六亿多元，完成重建项目五百四十七个，为青川县留下了难以忘怀的"浙江身影"，为浙江干部留下了深刻的"青川记忆"。如今的青川县，面貌焕然一新。

2018年4月，按照党中央、国务院关于新一轮东西部扶贫协作工作部署，青川县与湖州市吴兴区结对，继续书写青川浙江深情厚谊的新篇章。

贾琳和马、刘二位部长陪同我们考察的第一个点是竹园镇的八里驿站和八里竹园运营中心。这里原来叫金河村，八里店镇对口帮扶后，对该村平汝老街上老民居的风格风貌、庭院建设等进行了业态打造，开发了湖羊、丝绸源等十七个业态，还建设了文化广场、亲子广场和停车场，村子也改名为"八里驿站"，以感恩八里店镇的援建。八里驿站如今已经是八里竹园4A景区的核心区，建成以后，预计年接待游客二十万人次，实现旅游收入三千五百万元，年纯收入三百五十万元以上。

"文斌是个拼命三郎、工作狂，你们要好好写写他。"文斌就是吴兴区副区长张文斌，是湖州市本轮援助青川工作的负责人，在青川担任县委常委、副县长，当我们走进由张文斌牵头建设的吴兴·青川东西部扶贫协作产业园，看到由他从浙江招商入驻的一家冷柜生产企业正在安装调试生产线时，贾琳心疼地这样说。话虽这么说，深知张文斌脾气和为人的贾琳马上又补充说："不过，他不让我们宣传，去年我安排县政协文史委给他写篇文章，他都坚决不要。你们湖州的干部太好了。"

四川、重庆等地的人们普遍爱吃火锅、麻辣烫，而所有的火锅店、麻辣烫店都要用冷柜，张文斌花了很多精力从浙江招引了一家冷柜生产企业入驻吴兴·青川东西部扶贫协作产业园。将冷柜企业从浙江引进到青川，就可以实现就近招工生产，就近销售，既节省了劳动力成本，又节省了物流仓储成本，具有很大的市场优势。

我们到青川的那天，天气特别好，当我们走进湖羊谷的时候，晴朗的天空特别蓝，蓝蓝的天上飘着几朵白云，走进那一排排羊舍——是钢架和水泥结构、宽敞明亮的羊舍，而不是昏暗潮湿的简陋羊圈，听着一阵阵羊叫声，不禁想起那首耳熟能详的歌曲，"蓝蓝天上白云飘，白云下面马儿跑……"不，不是"马儿跑"，而是"羊儿叫"，这是吴兴区和南浔区一样的湖羊援川项目。

马鹿乡中学是湖州市援建青川的第一个项目，参观校园的时候，我们不约而同地感叹，这所学校建设得比我们湖州自己的学校还要好。青川人知恩图报，在学校教学楼的命名上充分表达感恩之情，思敬楼、思难楼、思义楼……还将友好学校——湖州二中的校训"养天地正气，法古今完人"作为

陈列在青川大地震博物馆里的浙江各市援川指挥部牌子充分表达了青川人民的感恩之心（邹黎摄）

自己的校训。

参观关庄镇东河口地震博物馆时，湖州文艺家们不仅通过现代科技体验了"5·12"大地震的惨烈和恐怖，还通过参观展陈，了解了全国各地特别是浙江省、湖州市对青川的无私援助。当时浙江省委、省政府喊出的一句口号令我印象特别深刻："要把青川当作自己的一个县来建设。"我们欣慰地看到，在浙江人民、湖州人民的无私帮助下，新的青川已经从大地震的废墟上重新崛起，青川人民恢复了正常的生活，幸福而安详，俨然我们浙江省的一个山区县。

我们参观考察的最后一个点是坐落在凉水镇上的湖曌童装扶贫车间。"湖曌"之名合"湖州"和"武曌"而成，源于广元是女皇武则天的故里（一说武则天故里在山西文水县）。这个扶贫车间已经培训了四十六人，帮助六十六个人实现了就业，其中建档立卡贫困人口和残疾人就业十四名。让我们万万想不到的是，湖曌童装扶贫车间居然是我们采风团成员、吴兴区作协主席茅立帅的婆婆罗玉花投资建设的，她丈夫也常来，而她本人此前竟浑然不知，此次青川之行莫名其妙地由采风变成了"视察"，于是成为大家的笑谈。

半天接触下来，我发现贾琳对我们湖州很熟悉，不仅熟悉像谈月明、李全明等援川领导干部，熟悉刘丹青等湖州书画家，还到过湖州的很多地方。她说，这是这么多年来和湖州援川干部并肩战斗的结果。

作为曾经的青川县作家协会主席、四川省作协会员，贾琳创作了《感谢你，浙江》《感恩在心》《大爱能擎天》《援建者之歌》等多首感恩浙江的诗歌、歌词，其中《感谢你，浙江》被刻成诗碑，立于东河口地震遗址上。

她在诗中写道：

感谢你，浙江
你让我们不再流泪，不再彷徨
你让我们不再受伤，不再凄凉
你让我们失落的梦又长出腾飞的翅膀
你让我们搁浅的船又荡起奋进的双桨
你的真情将永远铭记在劫后余生的青川人心上
你的爱心将世代被镌刻在新青川的每一个地方

天灾无情，大爱无疆
浙川情意堪比天高水长
真爱不言，矢志不忘
浙川牵手共创美好时光
感谢你，感谢你，我们深爱的浙江

青山不老，真爱不朽。

贡嘎雪山做证，华蓥山做证，摩天岭做证，在湖州人民的帮扶下，木里、广安、青川正在逐步实现小康，但跨越千年的牵手还将继续牵下去，"共创更加美好的时光"，就像华蓥山上这对拥吻千年的"情侣"，千年、万年地继续相亲相爱下去。

以梦为梯，梦终为花

茅立帅

某日，正闲庭信步于西湖湖畔，收到了一封短信，说是湖州市文联准备组织开展"共画同心圆，携手奔小康"四川采风行活动，便欣然报名。最初也只是抱着能同文艺界各路名家切磋交流的心态前往，但真真是没有想到这短短七天的所见所感能给我带来如此摄人心魄的震撼。

春风中，绽放的木里

很久没有赶如此早班的飞机，虽说定了闹钟，却也生怕那吵闹的钟声只是叫醒了我的手指，于是在半睡半醒中，时针和分针终于被时间拨弄到了凌晨三点三十分，原本还要赖床五分钟的习性此刻荡然无全，索性穿了衣起身去了。

从湖州出发，近两个半小时的车程到达浦东机场，再飞上三个半小时到达西昌，近八小时曲折迂回的山路，九曲回荡的金沙江如同一条青龙在山川中徘徊徜徉。那，是湖州与木里的距离。

遥远，颠簸。

来之前，也在很多媒体上看到过大凉山的现况，贫穷落后的环境，民风淳朴的人民，在这片广袤荒芜的土地上野蛮生长。大概也都同我有一样的想象，一行人生怕来了以后买不到任何吃的，于是每个人的行囊中都带了充足的干粮。然而，你以为的总是你以为的，透过车窗，看着那干净整洁的街道，生意兴隆的各家商店，还有穿着时髦的年轻男女——木里，正以最鲜活的姿态向我们展示着她生命的绽放。

这，已经不是那个我们想象中的木里。

那深藏于山林中的美味和奇珍异宝正源源不断地往大山外运输，而优秀的人才、团队和项目也同样在这里安家落户。响应国家精准扶贫的号召，越来越多的湖州人来到这片美丽的土地，在这个梦开始的地方，将自己的梦想同木里人的梦想深深埋下，于是便有了中藏医院、农产品开发公司、工业园区等项目的落地。

饭后同友人在小城中闲步，看着身穿汉族服饰、藏族服饰、彝族服饰的男女老少在广场上跳着节奏欢快的民族舞蹈，也被他们每个人脸上洋溢着的幸福所吸引，不自觉地跟随着慢慢迈开脚步，此时的木里人是快乐的，更是幸福的，而被这些牵引的我们也是如此满足。

只可惜在这里待了不足两天，我们便只能启程赶赴下一个目的地，抬头望着湛蓝色的天空，纯粹干净得犹如稀世的蓝宝石，用它明媚温暖的光芒滋润着这片圣洁下庇佑的穷山险峻，还有那一双双纯净的眼睛和美丽的心。是啊，蓝天下，人人都应该拥有幸福的权利，虽说这和煦的春风吹进木里稍稍晚了些，但这朵扎根于深山中的格桑花正以它最蓬勃的生命力迎风生长着……

重生中，鲜活的青川

我印象最深的地方，也是我们此行的最后一站，青川。

2008 年以前，国人大概鲜有听说过这个不起眼的小县城。可 2008 年 5 月 12 日 14 时 28 分 04 秒的那场特大地震，却将这个被群山环抱的世外桃源以一种残破不堪、刿目怵心的景象展现在了世人眼前。

十二年前的那场特大地震，是以汶川—北川—青川一线展开。因为人口密集，汶川在此次大地震中死亡人数最多，而青川作为大地震的尾部整个以辐射的形式受灾，摧毁的不仅仅是一个木鱼中学，也不仅仅是一个卖山珍的农贸市场，而是整整一座青川县城！也正因为如此，青川县成为此次大地震中受灾面积最广、最严重的地方。

十二年后的今天，当我站在她的面前，我已经看不到那些破裂的地面、倒

作者爱人和婆婆建设的扶贫车间正在"授人以渔"（邹黎摄）

塌的房屋，也听不到那些绝望的哭声，我甚至都不能在那破碎的山上找到一丝一毫残破的痕迹。

"我哥哥唯一的儿子，也就是我的亲侄子在地震中死了，"说话的是青川县的常委、宣传部陈部长，他说话的时候眼眶有些泛红，声音也有些颤抖，"当时我们县里所有干部都必须奔赴前线工作，所以我连侄子的葬礼都没有参加，哥哥、嫂子都很是怨我……"陈部长有些尴尬地笑了笑，继续说道，"那次地震，家里死了一个两个都是平常的，有的人家甚至惨遭灭门……"

"是啊，那时候人们见到了彼此打招呼问的不是'吃饭了没有'，而是'人还在不在'……"县文联副主席也跟着补充道。

在场的我们听着，有一段时间沉默无声。我们单单听着这一切都已经感到深深的震撼和绝望，更不要说他们每一个在那场地震中经历了生死而存活下来的人。

沿着青竹江，我缓缓踱着，看到从我身边经过的每个人脸上都有着平淡的神情，也能偶尔听到熟人之间热情的寒暄。桥上的霓虹灯闪烁，映照在那湍湍流动的江水上，只有这条静静流淌于整个青川的青竹江亲眼见证了这里的平淡、灭亡和重生。

都说，时间是残酷的，它摧毁了原本青川的一切，但时间也是强大的，它无声无息地治愈着这里的一草一木，直到慢慢抚平青川每个生灵的创伤。

我痴痴地望着，美丽的青川中学、漂亮的文化馆、庄严的地震博物馆、气派的青川大酒店，真的无法想象，那一年它残缺的模样。当地人说，但凡现在我们所能在青川见到的全部都是浙江人灾后帮助他们重建的。一方面我为这座美丽的山中小城感到难过与痛惜，而另一方面我为自己身为一个浙江人而感到骄傲。其中，我们湖州市也是用了最大力度扶贫，包括园区兴建并把本土企业大力引进到青川、十万湖羊进川……更巧的是在青川参观的最后一个项目竟然是我爱人和婆婆在青川凉水兴建的扶贫车间，曾经对此也有所耳闻，但具体做些什么、有什么用途，我真是从没过问也是一无所知。在行程单上看到了目的地的名字心中隐隐有些察觉，直到发现公司副总站在门口迎接我才明白居然来到了爱人和婆婆的扶贫车间。"授人以鱼不如授人以渔"，在这大山里的年轻人可以足不出户就学习和掌握一项生存技能，也不用担心后续的工作问题，实实在在是一件惠民的大好事。

我曾经不明白扶贫的意义，但当我踏上这片陌生而神奇的土地时仿佛心中所有的疑问都有了答案。无论是木里还是青川，还有更多被深藏在大山中的城镇，他们都有着自己的梦想。这些梦想便是一座座桥梁，连接了四川和浙江、木里、青川和湖州，而两地共同的努力又变成了一部部云梯，将那些含苞待放的梦想送往更高更广阔的天地。

以梦为梯，梦终为花。

（茅立帅，女，湖州 80 后女作家，湖州市作协主席团成员，吴兴区作协主席）

做客蒙民家

星　雨

2018 年深秋，为了感受西部援建成果和旖旎风光，独步青甘。到达西宁时，已感觉朔风阵阵，街道成排的杨柳树苍劲斑驳，全然没有江南的婀娜多姿，然而，青海湖边，祁连山下，牧民家居，竟是一番别样景象。

10 月 17 日，为了看望挂职乌兰县副县长的老同事芮振华，早晨坐班车从西宁向乌兰进发。坐在高耸的班车里，视野开阔，一路的风景更显广袤。客车并没有走高速，于是我远观日月山、文成公主庙，最让我高兴的是，客车还沿青海湖而行，让我看到了沿湖景致和深蓝的湖水。在黑马河镇稍做休息，即翻越橡皮山海拔三千八百十七米的垭口，沿最美国道之一的 109 国道到达茶卡镇，观看了茶卡盐湖的"天空一号"景区，而后抵达乌兰县。客车走了六个小时。

最令人激动的是那一天经芮县长帮助，我去访问了一户蒙古族牧民，乌兰县城郊察哈诺的牧民——更藏的表姐家。以前去过蒙古包，但是怎么样的礼仪大多忘了，而那次却是印象深刻。

那天是更藏所在县交通局的老王带我去的，更藏和他的母亲、表姐，还有更藏的一位朋友，在家门口迎接我俩。进得房屋里，有一个大客厅，三人沙发背景是成吉思汗的画像，对面是一张蒙古族鼎盛时期的版图绒布画，也就是唐卡，还挂着一张弓，象征着几百年前蒙古族征服半个世界的辉煌。主人先给我们喝酥油茶，是牛奶加牦牛油，还不断地续上。紧接着用银碗端来下马酒，先是更藏的母亲端，再是他表姐端，按礼节最好是连喝三碗，我哪里

幸福的更藏母亲和姐姐

干得了，只能喝几口。陪我来的老王因要开车，就做了个样子，可见现在也是因势而为了。茶几上摆放着羊排和香蕉、葡萄等水果。羊排冒着诱人的热气，我用刀切割吃了一根。更藏的朋友是特意请来的，在喝下马酒时他唱起了蒙古族民歌，音质粗犷高昂。我与他们聊起了家常，表姐说他家有一千头羊，还有四五十只牦牛，价值两百多万元，每年产的羊羔有八九百只，每只羊羔价值六百元，加上老羊百分之十的自然更新，每头一千五百元，就这一块的收入有五六十万元。我说牧民的收入喜人哎。

　　我仔细观察了房屋的构造，进门后是一条过道，将房屋分成左右两部分，右边是厨房、佛堂、卧室，左边是餐厅、客厅、书房。最后边是卫生间。家里用的是井水。房屋是一层的，层高好像没有我们南方的高，屋顶是平顶。这个是主要居住点，也就是"冬窝子"，其他的"夏窝子"就比较简单了。蒙古包已经不见了，因为现在是分草场到家，每家牧民有几千亩甚至上万亩草原，自己管理好就可以四季放牧，已经用不到游牧了，真是沧桑变迁啊。更藏表姐说，他们在县城还有房子。这一切与我原先设想的西部牧民比较落后穷苦有着天壤之别。我禁不住又问，你们周围的牧民与你们一样吗。表姐说差不多，羊我家算多的，但一般四五百只都有的，羊少的人家牦牛可能多一点。这里养的是绵羊，还有剪羊毛和梳羊绒的收入。她说，还有不少牧民在省城西宁买房的呢。表姐有两个孩子，一个上大学，一个读初中。我激动地拍摄了很多这幢房屋的照片。起先由于迷路，我们误进了几里路外的另一户牧民家，房子的外形几乎是一个模样。老王说，造这种房子政府是给牧民补贴的。

红红的太阳悬挂在草原上，天空有鹰在飞翔，院子里的牧羊犬温和地看着我。更藏的朋友以及他的母亲、表姐一起唱起了《父亲的草原母亲的河》，我喝了上马酒，围着更藏妈妈献上的天空般亮丽的蓝绿色哈达，依依不舍地告别他们。到了车上，我问老王什么时候牧民这样富了。老王说也就近几年的事，一下子富了起来。他说有两点是主要的，一是党的富民政策好，承包了草原，鼓励放牧，还有一些支持和补贴；二是东部富了，牛羊的价格高了许多，原来一只羊只有几百块，现在一千多了。我细细沉思，这不就是邓公"先富带后富"的生动实践吗？可惜他老人家没有看到，像没有看到香港回归一样，确实有点遗憾。可我想邓公在天之灵可能不会这样想，他是伟人，习总书记不是教导我们说功成不必在我嘛！

"父亲曾经形容草原的清香，让他在天涯海角也从不能相忘；母亲总爱描摹那大河浩荡，奔流在蒙古高原我遥远的家乡"，悠扬的歌声在我脑际久久徘徊。

夕阳西下，收割后的红藜麦地里泛着金光，这是乌兰县城郊的新风景。

那夜，我住宿在海拔两千九百六十米的乌兰县金子海酒店客房里，久久难以入睡，回想着几天前在扁都口风景区，门口有牧民在劳动，我顺口聊了几句，他们说家里一般都有两辆车，现在是淡季，出来挣点钱，好惬意的口气。我还回想着芮振华因高原风吹日晒而变得黝黑泛红的脸，想着湖州援建乌兰始于2010年，到他已是第三轮了。那夜天气晴冷，半夜里降温到零下一度，我竟披衣起床，跑到院子里看星星，青藏高原上的星星格外明亮。

两年多过去了，更藏与你妈、与你表姐的日子应该更幸福了吧。此时，我翻出微信，向更藏发去了一个笑脸。

（星雨，本名杨新宇，湖州市作协会员，湖州市人大常委会原副秘书长、办公室主任）

木里情缘

沈松良

离　别

今晚，天空突然下起了雨。记忆中上一次下雨在很久以前了，炽热的太阳仍是 8 月的主角。酷暑在雨中一下子变得弱不禁风，在夏天的尾巴上仓促逃离。

今晚，2020 年 8 月 27 日，一改往日的炎热。 小雨正式踏上木里支教的行程。简单吃好晚饭，我和岩哥开车把她送到县政府门口。拥抱，然后简单告别，目送着一辆中巴车把德清援川的四位老师送往杭州萧山国际机场。

每一次离别，都是对人精神意志的摧残与考验，不分时间的长短。以前读到"执手相看泪眼，竟无语凝噎"，总感觉那是文人的矫情，不料真真切切的离别降临在自己身上时，它不再是书本中的词，而是一群活生生的白蚁，残忍地吞噬着你的情感。它又似一张蛛网，裹挟着你所有的思念，被扔在一个阴暗的角落，让你每时每刻都情不自禁地去搜寻。我的爱妻小雨，将在两千五百公里开外的远方，用一种叫思念的东西，书写从日出到日落的美好记忆。临行前，岩哥搂着小雨说："妈妈，我要变成你衣服上的扣子。"瞬间，我所有的自责，汇成泪水。

"妈妈为什么要去援川？"这是父子俩独处时，岩哥问我最多的问题。对于一个刚过几周岁生日的孩子，我不想过多而复杂地解释。他不明白为什么，我也不用急着解释，因为这根本解释不清。他赌着气，责怪我同意让妈妈去援川。我只能安静地接受他的批评。让一个幼小的孩子去承受离别之苦，作为父母于心不忍，但我和小雨却残忍地做到了！其实，我们仨原本的生活风平浪静，没有任何波纹，哪怕斜风细雨。这样的生活，孩子永远没有危机感，更不懂什么是离别，什么是思念。他日渐增长的自私和依赖，是我和小雨最不愿意看到的，这不是一个男子汉的气概。他需要成长，需要面对生活的变故，需要独立，需要勇敢，更需要懂得付出，懂得珍惜和感恩。妈妈用行动告诉他生命的价值，他终将会知道什么是遥远的思念，什么是伟大的母爱，什么是男子汉的担当和责任。我相信在今后的岁月里，岩哥一定会明白生活的真谛，一定会明白"妈妈为什么要去援川"。小雨，是岩哥成长的榜样，也是我的榜样。岩哥，一定会成为一名真正的男子汉。"君子赠人以轩，不若以言"，总有一天，你一定会做到！

两千五百公里的距离，阻挡不了我们仨心与心的灵犀。"思君如流水，何有穷已时"，"直道相思了无益"，但我们坚守阳光和雨露，去滋润一方干涸，即使微不足道，也灿若夏花。

清　晨

每一个清晨，都值得纪念。

因为小雨援川，木里这个藏在崇山峻岭偏远落后的小县城，一下子变得熟悉而又亲切起来！百度搜索的满是木里百科，地图勾画的满是木里交通，天气预报中添加了木里的天气。两千五百公里外的木里，和家乡德清已然融为一体。木里—德清，呼吸与共，息息相关。

当黑夜的帷幕徐徐拉开，德清，迎来了清晨的曙光。接着，川西木里也迎来了同一缕阳光。

一声，一阵，是一片错落有致、清脆有力的鸡鸣声，打破了山谷的幽静，然后伴着牛羊的叫声，远处拖拉机的噗噗声，清晨的交响曲在没有指挥家的带领下情绪高亢地唱起。初入异乡的人，很难适应这般嘈杂的早晨，但木里人早已习以为常。古朴的生活方式，保留着淳朴的思想，他们不太羡慕外面色彩斑斓的世界，不太奢望外面现代化的生活方式。这里以彝藏为主，以放牧为生，以藏教纯粹的信仰为精神支柱。在他们的思想里没有贫穷，只有信仰。

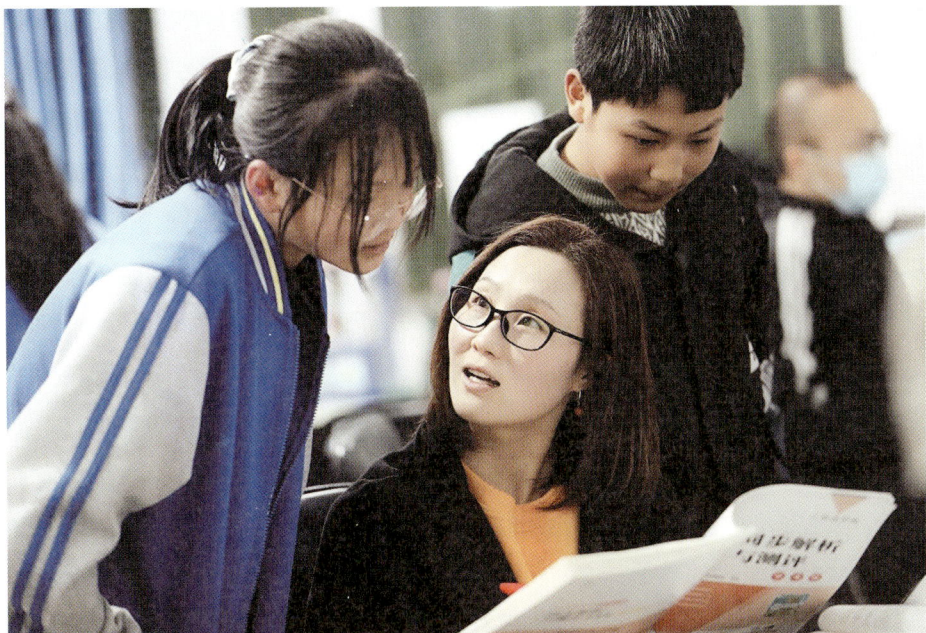

陈雨虹老师课后为学生答疑

　　木里县城四周环山，整个街道由两条主街交叉构成。小雨支教的木里中学傍山而建，地势由低到高，站在高处的宿舍楼下，可以俯瞰整个校园。初秋时节，山区的湿气很大，每天早上，白色的云雾笼罩着四野的群山，云雾缭绕，升腾飘浮，迷迷蒙蒙，变幻莫测，恍若人间仙境。木里中学的建筑具有藏族特色，徜徉在团团云雾中，宛如仙宫一般，别是一番滋味。孩子们也在蒙蒙亮的清晨起床。因为地处山区，道路崎岖，很多孩子距家有四五小时的车程，且路途多塌方，回一次家无异于一次历险，所以木里中学的孩子们基本上住在学校，一学期才回家一次。六点钟起床后，天还是黑乎乎的，操场上的大喇叭循环播放着雄壮激昂的歌曲《相信自己》和《蓝莲花》。借助操场上昏黄的路灯，孩子们在老师的带领下开始跑步锻炼，井然有序。跑完步后洗漱，完毕之后用餐。早餐以稀饭和包子馒头为主，正处在生长发育期的孩子们吃得津津有味。学校特别重视"爱惜粮食"的教育，因为这里的一饭一菜都是国家无偿资助的，学生所有的伙食免费。对于一个贫困县的孩子，能享受到国家的关怀，是这个时代的荣光，也是木里人民的荣幸。这些长期在高原阳光照耀下的脸，黝黑中透着红，在清晨的阳光下绽放出纯真的微笑，像格桑花的盛开，洋溢着青春楚楚动人的光彩。他们是幸福的，因为在他们的身后，有一个伟大而富强的祖国；他们是幸运的，因为有无数爱心人士无偿地援助他们；他们是友善的，因为他们有礼貌，有爱心，懂感恩。一代代成长的年轻人，最终会以自己的力量反哺家乡，建设家乡。

每一个早晨都是独一无二的。珍惜每一缕阳光，珍惜每一个早晨，珍惜每一个和你相遇的人。

思　念

岩哥是个坚强的孩子。

妈妈去木里支教后，岩哥似乎没有表现出对妈妈的想念，更没有说起"我想妈妈"之类的话。他所有的表现像个懵懂无知的孩子——反正有的吃有的玩，有爸爸有伙伴，生活照旧，无牵无挂。

其实，他想妈妈。

他的性格偏内敛。即使还是个孩子，他拥有丰富的内心世界。在人面前，他不善于表达自己的想法，小小年纪，也会藏匿自己的内心世界。每一次和妈妈视频，他总会不厌其烦地问："妈妈，你在那边好吗？"一次，两次，无数次，不停地问。他内心刹那间涌起的思念，让他仿佛坠入一个无底的黑暗的深渊。他想看见阳光，看见一个光明灿烂的世界，他知道妈妈会回答她在那边挺好，但他的潜意识里会不自觉地问，反复地问。他想知道一个具体而真实的答案，但永远不可能得到。这个问题唯一正确的答案，是妈妈真真切切地出现在眼前，而现实是妈妈出现在视频里。他渴望知道妈妈的生活，一丝一毫，一点一滴，他渴望进入妈妈现实中的生活，即使相隔千里。

有时候，思念是酒醉后渴望清醒的无奈。渴望却无奈，构造了灵魂的痛苦。没有渴望，生命或许不能飞翔；没有飞翔，我们永远看不到大地的辽阔和壮观。渴望，穿越了现实，毫无防备地进入了理想世界。而无奈，是生命苦痛的药方，它升华了失落，壮大了孤独，让平静的生活波澜壮阔，让平凡的人生跌宕起伏。

感恩这份渴望和无奈，因为岩哥心里有思念——这是一份真实的思念，它触手可及，却无以言说；它活生生地住在心里，挥之不去。

团　聚

寒假临近，岩哥问得最多的一句话是：妈妈什么时候回来？

时光荏苒，暑去冬来，仿佛是刚刚出发，却分明是即将返回。时间的列车一旦提速，各色站点在你眼前匆匆而过，一闪即逝，留下一片片色彩不一的画面，最终定格在脑海深处。

走过最艰难的路，尝过最苦涩的果，突然之间的风雨飘零以及艳阳高照，都是生命里最感动的片段。感谢生活中的离离合合，它如冬日暖阳下的菊花茶，紧致、干枯、萎缩，局囿在变色的残瓣中，等待一束滚烫的开水，在杯中缓缓升腾、舒展、游弋、释放，最后在杯底某个空旷的角落，懒懒地伸个腰，然后肆无忌惮地变回原本的自己，找到生命该有的样子。因此，生活的道路上，任何一次攀爬和跌落，任何一次离别和相聚，都是为了让生命更加完整和灿烂。

经历刚开始离别的苦涩与落寞，在时间的河里，它慢慢发酵成酱香的甜味。任何思念，时间素来不屑去悲悯，也无意于悲悯，它只等待花开，等待春暖风停，蜂蝶群舞的美好。历来的离别，最终抹去伤痕，幻化成风，在时间的河里烟消云散。如此，伤痛是一曲哀婉的赞美诗，是一泓浅涤的温泉，镌刻在记忆的墙上，时时照亮岁月的影子，成为生命中最宝贵的财富。现在想来，在这五个月里，我们仨分隔在两千五百公里开外的两地，只能通过手机传递感情，交流信息，却收获了真挚的思念和牵挂，懂得了珍惜和感恩。让小小年纪的岩哥，切身体会到了什么是思念，什么是企盼，什么是家的温馨。如此，妈妈的支教生涯，不再是道德的说教，更是心灵的洗礼。

两千五百公里，其实并不遥远。

有了距离才有思念，有了时间，思念才变得滚烫沸腾。距离、时间、思念，构建了"妈妈在哪儿"的立体思维图。唯有思念，才会听到灵魂爆裂的声响，感受血液渗透的疼痛。唯有疼痛，才能真正领悟"斜晖脉脉水悠悠"的怅惘。

一切看似虚无，看似简单，但又如此沉重和难以摆脱。诚然，企盼成就了思念的桥梁。盼望是抵达思念的捷径，"妈妈在哪儿"渐渐转变成"妈妈什么时候回来"。盼望的过程，永远是"过尽千帆皆不是"的失望，永远是"斜阳独倚西楼"的孤独，永远是"无边落木萧萧下"的惆怅。然而，想到相逢时的美好，一切焦灼变得理所当然，一切迫不及待也就发出了光，变得熠熠生辉起来。

时隔一百四十三天，妈妈回来了，岩哥投入妈妈的怀抱，真真切切感受到妈妈的温暖。等待、企盼、相聚，构建了我们仨简简单单的快乐和幸福。

后　记

小雨叫陈雨虹，是我的妻子，是德清县第四中学历史与社会学科教师，2020年8月开始支教四川木里，在木里中学任教初二地理学科，为期一年半。此文截取半年支教经历，以一个援川家庭的日常为背景，记录我们仨的生活片段和心路历程。

（沈松良，德清县舞阳学校教师）

盐花盛开的大地

慎志浩

2020年11月2日，我们走进青海的第一天，就入住海西州乌兰县的茶卡盐湖——天空一号大酒店。

夜晚，嵌满铜钉的苍穹，深邃而诗意地笼罩大地。寒气凛冽，万籁俱静。什么时候，对我们江南人来说，寂静与黑暗也成了稀缺资源？

第二天早晨八点半，明晃晃的太阳升出了地平线，天空的蓝，像是艺术家装置上去似的，头顶，居然还悬挂着一轮圆月，好一个日月同辉。

魔力之盐

我们走进茶卡盐湖的日子已是秋末，不，根据气温，这里的季节早已进入隆冬。据当地的天气预报，11月上旬的最低气温是零下七摄氏度。也许是上帝惠顾我们这些此时来的采风客，无风无云，太阳友好地在天宇指引我们，炫目而不灼烈。裸露的手和脸庞，还是感觉到刺骨的寒意，给了刚从暖秋的江南西行至此的我们以无比奇特的感受。

毕竟是秋末初冬，不是茶卡盐湖的旅游窗口期。此时的茶卡盐湖就像是擦去灰尘的一面铜镜，露出了真容与初心。环顾四周，天空寥落，空气清冽，湖面平静，远山绰约。仿佛千年之前就是这一个样子。茶卡盐湖，是在一夜之间就等来了我们，我们也是刹那间，便穿越了千年，来到了这里。

我实在想象不出，茶卡盐湖的黄金期，人潮汹涌的情形，会比现在好多少。

沿着实木步道走向盐湖，近看湖面，一层薄薄的湖水，明净清澈。水下，是结晶的盐层。陪同的茶卡盐湖开发公司副董事长吴呈宇先生说，上面的湖水其实是盐卤水，当卤水不断吸收地底的盐分，致使其饱和后，就不断地析出盐晶体，形成这一独特的奇观。

我注视这如雪原般洁白又如岩层般粗糙的盐层，不竟遐想连篇，往昔审美的记忆掠过脑海。从此，我的审美记忆里，除了平原、雪原、冰原、草原、沙原外，又存储进了一大片美丽的盐原……

有铁轨从盐湖深处伸过来，好像是来自一个神秘晶莹的世界。铁轨上停着一列车厢，里面坐着"无脸男"——一位日本宫崎骏笔下的《千与千寻》的人物。据说，茶卡盐湖的网红片在日本热播后，立即有人看出，外景颇似《千与千寻》魔幻世界的场景。世上见过撞衫，不料还有撞景的，一下子茶卡盐湖风靡东洋列岛。盐湖景区也增添了《千与千寻》的元素。

我们雀跃着拍照、造型。吴总说，前面还有更好玩的景点呢。我们沿着步道，走向盐湖深处。

茶卡盐湖一景（陆瑛摄）

这里的盐层已经突破水面，自然形成了一大片裸露的盐原。盐的原野，如雪原般柔软，如冰面般晶莹。

我俯下身子，仔细端详这细小的结晶，居然有着冰粒状的剔透和雪花般的美丽。而且，只要头顶有水，它们就会透水而长，生生不息。我蹲下，凑近了细看盐晶，形状如一朵朵细微的蘑菇，一朵朵一簇簇一丛丛，密密麻麻地挨在一起，蔓延开去，蔓延进茫茫湖海，就像人类在地球蔓延，渺小却无比伟大。

哦，只有到了茶卡盐湖，我才晓得——盐，也有如此奇妙的魔力。

四周有盐洞，大的如脸盆，小的如拳头，洞口一汪深绿的水，深不可测的样子。我小心翼翼地踩着盐层，因为我不知道这层盐原是漂在水面还是板结在水面，生怕盐层裂开，咕咚一下掉进去，洗个盐水澡。

盐原辽阔，祁连蜿蜒，灼日恍惚，蓝天幽远，远处一排风车在悠闲地转着。我仿佛来到了太空的异地星球。

生命之盐

我搓一粒细盐放进嘴里，一阵浓浓的咸味充满舌间，不过还带着一股醇鲜。在一旁的景区工作人员说，这盐是可以食用的。我们小时候就靠添几口盐晶块解馋。我们小时候喜欢吃糖，纸包的硬糖、奶糖、水果糖，还有用古巴糖、义乌糖、白砂糖泡的糖汤，盐，在我们的生活当中只是菜肴的作料。而且，长大以后，医生一再告诫，少吃盐，以降血压。显然，一个喜欢吃糖与习惯食盐的民族在性格上是有所不同的。就像流动着水的江南和结晶着盐的西北，社会文化也必定是有所不同。

人，为什么需要盐？我想大概和进化有关。生命从海水中孕育，细胞中的液体便带有了盐的成分。这也就说明了为什么血液、泪水、汗汁……都是咸的，而且其咸度几乎和海水的比例相当。

在地球的演化过程中，青藏高原是最年轻的山脉。在两亿八千万年前还是一片大海，后来在大陆板块的挤压中　　　　　青海湖、茶卡盐湖是大海遗落在高原再也回不去的弃儿。而它的秉性仍旧是大海的。终于在某一天，大海培育的生命之精灵——人类，在这里与大海的弃儿相遇。盐之美味，只是舌齿间的欢愉，当盐晶走过肠胃融入细胞，细胞便有回到故乡般的幸福沉醉。这何尝不是生命与自然的一场狂欢。

据载，早在公元前 206 年至公元 25 年的西汉时期，当地羌族人就已经知道采盐食用。《汉书·地理志》记载，"金城郡临羌西北至塞外，有西王母室、仙海、盐池"。仙海即今青海湖，盐池就是茶卡盐湖。从采盐食用到用笔记录，人类的文明开始凸显。

历史在继续，继而《西宁府新志》记载："在县治西，五百余里，青海西南……周围有二百数十里，盐系天成，取之无尽。蒙古用铁勺捞取，贩玉市口贸易，郡民赖之。"

食盐，如此攸关万民之生存，统治者岂能撒手？据载，自乾隆二十八年（1763）始，朝廷就有组织地大规模开采盐湖，并定有盐律，实行食盐的官采官营。

远处，有一排排的采盐船在作业。吴总说，茶卡盐湖属青盐，其储量可供全国消费者食用一百年。目前，有国营的盐业公司在开采专营。

财富之盐

太阳高了，阳光直射下来，人有了暖意，大地也更加明亮。今天，茶卡盐湖，其地貌的差异、气候的差异、文化的差异，强烈地刺激着来自东南地区的我。我为之心动，我为之打开。

在盐湖，我仿佛置身于一幅疏疏朗朗的水墨画里，线条简洁，色彩明朗。今天，我就是幸福的旅游观光客。

旅游，不就是体验不一样的自然人文空间，尝试另一种生活的可能吗？观光旅游，就是在一定的时间里，转换更多的空间，见识更多的世态，往自己的生命里投入更为丰富的人生内容。人阳寿长度的密码由上帝掌握，但生命宽度的钥匙必须握在自己手里。旅游门票，在某种程度上说，就是这一把钥匙。旅游，对商人来说，就是巨大的商机。

平坦的公路，宽阔的广场，还有大酒店、商业街。走进盐湖景区，还有实木步道、小船、铁轨、火车厢……我不是探险者，唯有商人的投资，景点的设计，为我们充分感受茶卡盐湖，提供了便捷且舒适的条件。

这位来自浙江乐清的投资商吴先生说，他们原先是来海西做矿石冶炼生意的，主要生产一种炼钢的添加剂，有了这种添加剂，钢的品质就能得以提高。他说矿石冶炼是高能耗的，他们在污染治理上花了很大的工夫。吴总说，当时乌兰县分管旅游的杨长海副县长是湖州援建干部，他对我说，投资海西州旅游是回报当地的友善之举，也会是有高回报的投资项目。

在茶卡盐湖粼粼的波光里，我仿佛看到了湖州援建干部的思路与浙商的眼光。

七彩湖、观星营地、沉水栈道、格桑花栈道……观光车经过，吴总一一给我们介绍景点。观光车最后停在了漂浮馆。我畅游过香港的黄金海岸、体验过东海秀山岛的泥水浴，尝试过宁夏沙坡头的沙漠浴，当然不会放过这里的盐水漂浮。换上泳裤泳帽，入池，整个人仿佛轻了许多，以平常动作站在

湖州人帮乌兰县引进的旅游项目（张剑摄）

池底，发现还是被漂了起来。人在水里若要漂浮起来，必须要吸气，还要不断地拨动双腿。而在盐水里，不用做任何动作，往水面一躺，人自然就漂浮起来。放松、舒坦、惬意……

服务员很热情，且颇具素质。这位来自青海玉树的头发微曲的藏族青年，佩戴着团徽。他微笑着给我介绍说，这盐水浓度很高，是海水的十八倍，足以使一个人漂浮起来。我不失时机地问了他的薪水。他说平时有三千多一个月，旺季时超过四千元。

吴总说，到目前为止，他们几个股东投资了三亿多，景区面积超过十四平方公里，他们还要继续投入。至于回报，他说今年还好，尽管经历了大疫情，但还是接待了五十万人次的游客，收入超过了五千万元，实现了止亏。

湖州援建干部傅文虎是乌兰县现任分管旅游的副县长。他其中的一项重要工作就是帮助茶卡盐湖把项目运行好。他说这既是一个资源型项目，也是一个创新型项目，所以有许多事情需要政府层面来推进。"这方面的工作做了很多，至于具体案例，去年在援建办的牵头下，我们把乌兰县作为了湖州工会疗休养的目的地。已经接待了十批，三百多人。"

傅文虎透露，在即将举行的"遇见茶卡，从一开始——海西州冬春季旅游推介会"上，他将代表乌兰县向全球推介茶卡盐湖的美丽和妙趣、介绍天空一号的舒适温馨。

从边际效应分析，风景类型反差越大，受益就越高。在乌兰的援建干部把着力点放在旅游项目的落地推进上，是在对的时间里做了对的事情，所以茶卡的盐湖这样美。

西北有资源，西北有优势，西北有市场。西北的开放吸引了东南更多的资本、人才、技术和管理，从而形成产品、服务的市场优势，与东南互补互联，成为国内经济循环的重要组成部分。

（慎志浩，浙江省作协会员、湖州市作协副秘书长兼文学评论创委会主任）

在大凉山支教的日子

——木里支教日记选

邵　晖

2020 年 9 月 18 日，小雨

　　这几天木里一直断断续续地下雨，仿佛是脱离雨季前最后的挣扎。这里土质很松，一下雨就容易塌方，落石，发生泥石流。果然，今天得到消息，进出木里的唯一的路断了，不知道又要几天才能通行。

　　早上批学生作业，火就上来了，不是因为他们做错，空白，而是因为有几个平时还行的学生做填空题只做了前面一页，翻过来的一页完全没做，毫无疑问是乱做了一通。办公室老师告诉我，这些孩子调皮得很，对于英语这门课他们从小就没有好好学，很多孩子其实已经放弃了。我也只有叹息了。但是班里有很多孩子还是很努力，他们笔记干净，作业认真，态度积极。就算我只能改变一些人，那我这一年半的时光也不算白付。

　　今天上课内容是 cultural corner，讲的是中美高中生活对比，看着孩子们一个个羡慕的眼神，我告诉他们，任何优质的教育和学习都是要付出努力的，千万不要被假象蒙蔽了。今天课上听写了四个书本上的句子，大多数学生完成得很好，总算让人安慰。

　　吃了晚饭沿着国道慢慢走一走，偶遇了一户正在办喜事的人家，这是建在河边的人家，因为下雨河水湍急又浑浊，像是喘息的猛兽，河道边种着玉米，实在想不通这些玉米要怎么收割，大约就是任它们这样老去吧。晚上跟已经毕业很久的我最喜欢的课代表聊天，她说道："学习并不是看什么时候开始，

木里县城（沈勇强摄）

而是看什么时候结束。"确实是这样，我们从小接受教育，但是很多知识在后来都不被记起，但是如果一直探索，那我们的人生将更有意义。如果我可以在木里这些孩子心里播下学习的种子，那对他们而言何尝不是一件很有意义的事情呢？

2020 年 9 月 29 日，晴

晚上走出办公室的时候终于看到了朗月当空，起先在云中若隐若现，忽然一下子像个玉盘似的挂在天上了，那么亮，那么近。"明月何曾是两乡"，家乡的亲人们也是在同一轮圆月下挂念着我呢。昨天好几个家乡友人告诉我，在挂红灯笼了，节日的气氛出来了，远在木里的我也感受到了这种温暖。

今天木里中学为我们援藏教师开了座谈会，学校领导跟我们一起畅所欲言，听了很多来自不同地方的援藏老师的发言，有位攀枝花来的援藏教师情到深处几度哽咽，我们真的太能体会他的心酸和不易，但是我们来到这里都是想留下一些什么，所以我们都在努力付出，希望木里能有更美好的明天。

今天的英语课一节是听力课，一节是 cultural corner，虽然是早上第一、二节，但是学生们还是很配合，听力课基本三遍听下来都可以把问题回答出来了。我发现这里的孩子拼写确实欠缺，但是口述还是挺不错的。第二节课时，胡老师和向老师来听课，年轻教师一有空都会听课，她俩都是班主任，平时工作很繁重，但是对待专业非常认真，不懂就问，有空就听课，这种劲头真的让人感动。

今天因为早读时给了时间背单词，所以孩子们的听写完成得尤其好，第一次满分人数突破了二十人，只有两个同学没有通过，值得表扬。明天是节前的最后一节课了，想想还是做个复习回顾。放假的八天，孩子们有的可以回家，也有很多回不了家，回家的娃也要帮家里干农活——"掰包谷"，但是无论如何，希望他们能偶尔记得看一下英语书吧。

今天湖州组织部给我们的物资运到了，过长假就可以好好收拾一下宿舍了。为了补脑，周强老师又让学校门口小店去山里给我们买了很多新鲜核桃，配上他买的核桃夹子，我终于吃上了不用门夹的核桃啦。

2020 年 10 月 28 日，晴

早上醒来喉咙干得不行，我想木里的旱季大概来了吧。早起的寒意并没有因为太阳的明媚而减弱半分，这里的阳光一直要到接近中午才会真正发挥威力。早上坐在办公室备课，就感到阳光一寸一寸地往前移动，直到暖暖地洒在身上又明晃晃地照到眼睛里。每天十点左右是一定要拉上窗帘的，否则这个强度的紫外线真是顶不住。每天下午三点左右又可以把窗帘拉开，因为这个时

邵晖老师和木里的学生在一起

候太阳已经跑到山边去了。

　　昨天布置了孩子们模仿写作，写一次我的旅行，大部分的孩子都是在原句的基础上稍做改动，没有什么语法上的大问题，有两个孩子加入了自己的经验和感受，写得比较出色，当然还有一些孩子写得我根本就没有看懂，句子结构对他们来说真的需要好好补一补。

　　下午的课是语法课，过去分词做定语，课件改了三遍，希望他们可以接受得更容易一些，上课的时候改变了策略，不再让他们一起大声喊答案，因为实在是滥竽充数的太多，而是一个个让学生起来回答，一步一步引导，从动词变化到主被动关系，感觉铺垫都做得很齐，学生回答也不错。然后开始做练习，简直一秒破功，看了几个学生都是乱做，幸好还有一些孩子做对了，总算也是安慰。看样子又要调整战略，还是要加大练习强度。

今天布置了一个段落的背诵任务，不知道明天能不能完成，感觉只能抓住几个小组长，但是有一个算一个，哪怕只能改变一个孩子的命运，也值了。

2020 年 11 月 5 日，晴

光影的变化真是一件有趣的事，清晨在宿舍里看着阳光的脚丫子一点一点爬过窗户，爬到洗脸池，还没等它爬到房间，我就出门了。木里 11 月的清晨是清冽又带有寒意的，远山在白云环绕中渐渐苏醒，沉默又坚定。早读的孩子们如往常一样声音洪亮，从七点不到一直到七点五十，读书声声声入耳。每天早读前在上楼的时候总能遇到高三的学生在楼道里要么坐着，要么来回走着，一边走一边大声地读背。说实话，这里的孩子有许多真的非常努力，要不是他们的基础不够扎实，就凭着这股劲，一定能有出息。

上午的课分析了课文结构，学生对细节的梳理还是可以的，然后去高二代课，发现高二的蓉城联考卷真的有难度，明天的讲评要花点工夫。下午是调整核对期中试卷，听力又选不好了，真是恼火，也只能一篇一篇地听，总能挑到合适的。

今天陈强说要给我们包白菜粉丝鸡蛋饺子，等我傍晚回到宿舍，第一锅饺子都已经烧好了。周强负责和面，调馅儿，我就最后包了几个饺子。陈强果然是个做饭高手，用一个饮料瓶把饺子皮擀得又薄又圆。虽然饺子里没有肉，我还是吃了十多个，我是多么热爱面食啊。陈强觉得这次的饺子不够好吃，可是我就觉得好吃得不得了，真是太容易满足了。

晚饭后在操场看孩子们跳藏舞，练了好久，现在这个集体舞已经初具规模了，班主任们也跟着一起跳，所以就更期待全校一起跳藏舞的时候了。散步到了中转房的后面，遇到肖老师，她拿了木里松子给我们，这些松子是从长在大山深处的松树上摘下来的，又大又长。这松子壳很硬，感觉比山核桃更硬，但是油脂丰富，香味很足，可惜我还是吃不习惯。

晚上气温降得很厉害，办公室里好像四面都透风，火炉早就安排上了，还是冷。周六就立冬了，希望木里冬天的风不要太凛冽才好啊。

2020 年 11 月 29 日，晴

当老师是辛苦的，但是当老师更是幸福的。纵然有各种的失落、灰心、抱怨甚至愤懑，在面对学生温暖的那一刻就都烟消云散了。所谓师生一场，应该是扶上马再送一程。不谈修行不看造化，只要曾经在学生们的人生中留下印记，能让他们成为更好的人，就足够了。

昨天的课上，我的嗓子哑了，学生们明显察觉到了我的吃力，于是格外安静，也没有人大喊着说出答案。下课后，班长降初玛偷偷拉住我说："老师，你晚自修来吗？"我说来呀，到第三节晚自修才走。她欲言又止的样子，反倒让我担心起来。到了晚自修第三节课，她拎了一袋家乡的梨给我，她说是她爸爸给她拿来的，她想把这些梨送给我。这个藏族小姑娘并不善言辞，英语课上总是很认真，听写也一次好过一次，只不过偶尔的几次辅导谈心，却让她这么记挂着我。

晚上，德清电视台的刘记者说要送一份惊喜给我，原来是我们之前高一（7）班的娃们录给我的视频。吴张仡更加自信了，林沈曦儿还是那么大方可爱，项阳不再那么害羞了，王虞升还和以前一样沉稳，姚齐凡阳光了不少，高冰悦感觉长大了许多，邝晨蕾剪了短发……还有好多人因为时间关系没能入镜，但是挂念和问候我都收到了。我拿着手机一遍一遍地看，又一遍一遍地流泪，我想作为老师的幸福感就是在这些瞬间吧。虽然高二分班大家都有了新的集体，但是曾经的一年相处这种情感是不能抹去的。太欣慰于孩子们的各自成长，等我回去，看到的是更优秀的你们；等我回去，也希望木里的孩子在我的努力下更加优秀。

昨天德清电视台的摄影张大哥还帮我加固了宿舍的窗帘杆子。我何德何能，能被一群温暖的人包围着，唯有更多的真心和付出才能让自己也成为一个可以给别人温暖的人啊。

2021 年 2 月 23 日，晴

今天就是进山的日子了。早上九点二十分，我们准时坐上了从西昌开往木里的大巴，始发站车上人并不多，其中十个都是我们三县去往木里的支教老师，一路上有伴同行也心安了许多。大概因为是旱季，一路过去和我们第一次进木里看到的满目葱郁大相径庭，多半是枯黄的草间或有些绿色的矮树点缀着。山涧里的水已经枯了，露出白森森的石头，虽然是万物生发的季节，看着却有些苍凉的意味了。出了西昌不久就是大山了，这一路除了在盐源的一段平路稍微清醒了一会儿，其他时候都处于昏昏沉沉的状态。吃了晕车药，贴了晕车贴，但是这山路的颠簸还是几乎要了人的命。闭着眼睛只觉得整个身体随着车子一下晃到左边，一下又晃到右边，想用胳膊肘或者身体的其他某个坚固的部位固定一下自己却是几乎不可能完成的任务，几个回合下来只好由它晃去了。脑袋靠在椅背上一下滚到这边，一下又滑到那边，脖颈像是年久失修的门轴，每一次扭动都艰涩费力，几乎都可以听见脖子的骨头咯咯作响的声音。从早上七点半吃了早饭一直到下午，不敢吃一点东西，胃里就像翻江倒海，几近崩溃的边缘。半路又上了好些乘客，下午的太阳晒得车厢里闷热难当，戴着口罩越发气急胸闷，只觉得从胃里时不时有一股凉气窜到喉咙，后背却是一阵接一阵冷汗，不知不觉手心也覆盖了细密的一层汗，黏腻得更叫人烦躁。一路都塞着耳机，但是听什么是全然不知了，只是有点声音可以分散一下注意力，但是胃里的翻腾一阵强似一阵，就像地震前的水井。明明太阳那么大，周身却起了寒意，干脆心一横睁开眼睛，盯着窗户外面连续不断的急转标志和山边的黄草，心里倒平静下来。但是身边的雨红突然吐了，真是一秒破功。就在这时，司机却停了车，原来到了木里地界，要全部下车查绿码和交核酸检测报告。在平地站了一会儿，司机师傅说还有二十二公里就到了。吃了定心丸，胃里也不闹腾了。终于六小时五十分钟，我们顺利到达了木里。

今年学校安排我去教高二，可 103 班的那帮孩子临走时还说这学期一定教他们班，到底还是食言了。去教务处拿备课笔记的时候遇到扎西偏初和汪明松，一说我去了高二，孩子们的表情就变了，我说了句你们要加油啊，匆匆就往高二的教学楼跑了。

晚上还是吃不下饭，回宿舍备了课，也就早点休息了，准备迎接明天全新的一天。

（邵晖，女，民进会员。德清县第一中学英语高级教师。2020年8月28日赴四川省凉山彝族自治州木里藏族自治县中学高中部援藏教学）

那道坡上的故事

——援川支教日记选

沈泳垒

2019 年 3 月 12 日，晴

2019 年春天，我把自己从湖州"扫地出门"了。日子求新，我要跳出原来固有的工作和生活模式！世界很大，我要去另一个地方看看春天！而恰巧，这次我竟获得了这样一个难得的机会！

于是，在一个风清气正的三月大晴天，我跟随着吴兴区"东西部扶贫"的援川小组坐着中巴，乘着飞机，再坐中巴——陆空辗转，终于于晚上九点三十五分抵达新青川大酒店。

我们此次有五位援川教师：舒小娟、王洁、单含笑、朱珏珏和我。随着今天路程的辗转，我们的心绪也起伏了一路：当我们从浦东机场坐了约十五分钟的摆渡车，登上中国东方航空公司 MU5503 航班时，我们不禁感叹：这是多大的机场，又是多远的航班！可当我们在空中颠簸了约三小时，来到四川的广元机场下飞机，才走了不到两分钟就走出机场时，我们又不得不惊叹：这是多么迷你的机场啊！要是我们湖州有机场该多好啊！哪怕也是这么迷你的！可当我们又坐着中巴从广元市到青川县，沿途的漆黑又让人心生恐慌：四川有多大？又有多难——一路竟不见路灯！而当车子进入青川县城乔庄时，道路两旁行道树闪烁的霓虹灯又让我们有了点"柳暗花明又一村"的感觉了！

进了房间，一本纪念"5·12"汶川特大地震十周年画册《绿水青山大美青川》赫然映入眼帘：重建十年铸辉煌，看来青川是下狠功夫的了！无论是一路所见，还是画册的精美展示，都让我感受到一种进步的生力！

是的，进步的生力！无论起点多么低，哪怕像特大地震后的废墟一样，只要我们有着对美好的向往，有着对蓝图的构想，有着迈开的步子，我们就有了进步的生力！而这，也定会是我青川行的生力——啊！青川，我，沈泳垒追青逐绿来了！

2019 年 3 月 17 日，雨转阴

昨天与家里进行了视频通话，女儿看起来还开朗，笑容灿烂，可我不知怎的，总觉得她笑容背后隐藏着忧伤，也许是出于母性的多虑与敏感，我还是决定今天就开始给我亲爱的小妞正式写一封家书，想以一种古老的方式表达一下乡情与思念，想让 00 后的孩子也能体验到收信刹那的喜悦，于是，铺展好信纸，拿出笔和信封，开始——

当笔和纸从"小妞：展信好"开始亲谈，谈我初来异地的不适，谈心理的不断调试，谈所在支教学校的风光，谈支教工作的新挑战，谈小妞离开妈妈可能会有的变化……纸短情长，一口气我竟然写了满满三页。

为了保证信能及时收到，我得把信寄到老公单位，那么亲爱的老公总也不能被冷落，于是也草草地给他写了一页，呵呵，是不是有点厚此薄彼？不过，希望他能理解，也莫吃醋！

家书写好了，得想办法寄出去。于是拉着含笑一起去外面找邮局，拦了一辆的士，师傅很快就把我们送到了中国邮政门口，我一路兴奋地小跑进去，询问了坐在台前的小姑娘：可以寄信吗？她惊讶的眼神里映照出一个如怪物一样的我，似乎我穿着古典汉服，或是我的眼睛是蓝色的……总之她表情的每一个细胞似乎都在说：这年头还有人寄信吗？我瞬间焦急起来：我得怎么把信寄出去呢，如果这边不行，哪儿又能达成我的心愿呢？然后一位高高的略有年纪的男士从后面走出来，很认真地看着我：是要寄信吗？我使劲地点头，他淡淡地说：可以的。这回小姑娘又诧异地望向了男士：现在不是不能寄信吗？男士也没多理她，只是低头说可以的，然后就拿过我的信件，我赶紧说：还没贴邮票呢！这边有邮票卖的吧？他又悠悠地说：有的。然后又转身到一个橱柜里取出一个袋子，拿了好多邮票出来，五彩缤纷，很有地方特色。然后他又抬头问我：是要平寄还是挂号？含笑提醒我，挂号的保险些！我立刻说要挂号的，然后他就在那里帮我算要贴多少张邮票，然后又开始帮我封信口、贴邮票，然后又贴了挂号的条形码，撕下一部分贴在信封上，另一部分递给我叫我保管好！然后我付了钱，他便说可以了。

旁边的小姑娘一直愣愣地看着这一切——啊！年轻人怎么能理解我们这年纪人的怀旧心理呢？年轻人怎么能理解笔与纸亲谈那份特有的美好呢？年轻人又怎么能理解一个异乡的母亲心中那份别样乡情呢？

寄完信，回到宿舍，便开始思量起明天的工作来，不管怎么说，此次到乔庄中学支教，也是挂了职的副校长，负责学校的研训板块，那我也总得设想设想。于是，我又一次拿起笔，在印有"青川县乔庄初级中学校"字样的信纸上，写下了"沈泳垒在乔庄中学开展研训活动的初步设想"，我从乔庄中学的情况到自己的一些优势先做了一个浅析，然后本着"不打破学校原有教学节奏和让我的到来能带去些许收益"的原则，提了自己想多听听课，想在3、4、5月份或4、5、6月份分别组织一次研训活动的设想。然后以图片的形式发给了乔庄中学的教学副校长黄朝军，期待他们校领导层面能进行斟酌商定。

也不知自己这样的做法是否合适？可是，一份责任心总在驱使着我，无论他人如何对待，我想我首先得从心出发，尊重自己真诚而美好的意愿。这样至少可以少留遗憾！

此次告别湖州，告别原有的生活模式，不也是想珍惜余生的心愿吗？

余生不长，我得先请自己多多关照！

2019 年 3 月 18 日，晴

乔庄中学是一所在半山腰的中学。每日进校，须爬一道坡。

山不高，但据这里的关校长说，山顶曾经出土过战国木牍，非常珍贵，所以被保护起来了，学校因此也并未能再向上扩建。目前学校的整体建筑格局是：中间一个大操场，四边一圈是教学楼、住宿楼、行政楼等，大操场下面还是一个地下停车场，空间利用率也是极高的。沿坡而上，抬头仰望蓝天白云，远处是蔼蔼山峦，上面点缀着美丽的野樱，一丛一丛的，远看就像是山的一件美丽的花衣，再向下看，是整齐的公路和清澈的溪涧，坡壁则被做成了这里的一道标志性艺术墙——浮雕感恩墙，据说是为了纪念"5·12"地震后的赈灾活动。

今天是周一，七点半我有早读。这边的天比湖州要亮得晚些，六点几乎还是全黑的，于是等到微微亮堂起来了，才匆匆起床洗漱，然后背包出门。在校门口的早餐摊随意地买了个大饼就去坐公交，车里已坐了不少学生，有小学生，也有中学生，他们都一副不着急的样子，有半眯着眼养神的，也有望着窗外发呆的，还有低头看手机的……总之，就我一副急匆匆的模样，倒引来了他们诧异的目光。唉，我确实赶时间啊！上周五我已经和709班的孩子们约好了周一七点半见的，为人师怎可食言？

下了车，穿过斑马线，然后爬坡入校。也许是因为急，我爬到一半，竟有些喘气了，于是索性站定，看着学生们一个个擦身而过，我用力地做了一次深呼吸，爬坡——多好的一种人生体验，它让你累并憧憬着，它让你紧张又愉悦着，它让你永远向上，它让你看到山花和蓝天……以前唯有在登山时才有这种体验，可如今，我却可以天天享受。深吸一缓呼，晨风拂过脸颊，柔柔地爽朗，我顿了顿，向前坚实地迈了一步——乔中，我来了，我会天天来！哈哈，岩壁上的小野花似乎感应了我的心声，使劲地摇摆起来；天上的白云好像也了然我的想法，在微风中攒缕抱团地游动起来……终于，在七点二十五分，我顺利抵达709班的教室，孩子们已然端坐，正努力复习迎考，有两位学生晚我一点到，然后我们便快速地展开复习，从基本的字词到文言文翻译信达雅的要求……

回到办公室，我就开始牵挂起我的研训安排来，今天黄朝军副校长请假去绵阳了，我便只得直接去找大校长赵校，他倒也真诚，在我诉说了自己的一些粗浅想法后，表示尊重我的想法，说一定会支持我。我内心非常感激，毕竟，来青川进入乔中，我就是乔中的一分子了，在这个大家庭中，有了什么想法自然是要找家长聊聊的。我很认真地对赵校说：作为一名老师，最在乎的就是自己在教室里与学生一起时，学生眼神里的那种光芒，所以无论是在湖州，还是在青川；无论是一辈子，还是只有短短一学期，于我而言，学生都是一样的，平等的，每一个与我结缘的孩子，我都会倍加珍惜！哈哈，这也是爬坡噢！我忍不住又做了一次深呼吸，岩壁的山花和头顶的蓝天明媚如辰！

2019 年 3 月 26 日，晴

也许我们求了真，往往会看到影子的斜；也许我们求了正，却忽视了最最本原的真。可我们内心谁都不会放弃求美，只是，有的人求的是外表的光鲜与靓丽，而有的人更注重内心的正直与真实！

来到青川，任教七年级语文，统编的新教材，我教到了自己求学时曾经读过的《老山界》，以及近十多年未教过的《土地的誓言》和《木兰诗》，心中隐隐地感觉到教材中"文以载道"之味更浓了，她们不仅在字里行间传递一份语言文字的美，更是在传播一种精神的力量——不畏艰难的勇气、保家卫国的正气、忠孝两全的英雄气！于是，我很努力地带领孩子在陆定一笔下的老山界看星火连成的奇特"之"字景观，在端木蕻良的笔下神游他的东北原野，聆听那来自大地深层的亘古召唤，在北朝民歌《木兰诗》里感受替父从军的木兰的巾帼英雄形象！孩子们几乎也都能在这些文字里捕捉到一种美，她来自于心灵深处的勇气，来自于故土深处的牵念，来自于平凡心灵的一片赤诚与孝心！

然后，我让他们读一读自己写的文章，努力地从中再发现些什么。

一开始，孩子们都说自己的文章没有用上好词好句，还有的说自己写得有点乱，没有切合题意，我追问：还有吗？然后孩子们就一脸茫然地望着我，因为以前老师除了以上两点，几乎就没再讲别的了呀！我不放弃，又找出陆娅文同学（她是堆砌好词好句的"高手"）的文章念了一小段，问：同学们觉得如何？她有没有用上好词好句？文段美不美？写得好不好？为什么……终于苟溱举手了：不美，因为太重复了！我谢谢她！然后又用期望的眼神看着大家，终于白小茜举手了：不美，因为听着有点假！我走过去与她握手表示感谢！

是的！教材的文章是美的，可如果这份美只停留在课本上，而进不到孩子心里去，则是令人遗憾的；虽然进不到孩子心里，至少孩子还是原来的孩子，但是，如果孩子竟然与课文反着来，只求一种"美"而放弃了文章表达本应有的"真"，放弃了孩子思想里本应有的"正"，那么，它必然是可怕的了！

于是，今天轮到我晚自修，我几乎花了近一个小时的时间专门给孩子们讲了五个字"我手写我心"，从我的心是怎样的，要怎样，如何努力避免变成一个令自己都厌恶的人，到我的手要怎么忠于我的心，又怎样在学习中不断学会并运用更适合表达自己心的方法……在我讲课的过程中，我看到了孩子们眼睛里闪烁着的光芒，那光芒里有惊讶，有认同，有收获，有感动……

第一节课下课后，好几个学生围过来，问我：老师，我上周的随笔里写到对您的那些词，您不会对我有看法吧？我忍不住回问：那老师今天讲的"我手写我心"，你是不是真的听到心里去了呢？学生很机敏：那老师您是不生气了喽？哦！太好喽！然后开心地回到座位去了。第二节课开始了，我忍不住接着刚才同学的话题（因为这个事在班中有普遍性）又提示了几句：亲爱的同学们，关于上次的随笔，较之同学们的作文，老师已经感受到大家的真诚了，也算是做到了"我手写我心"了，也许表面上对老师略有些不公，但透过现象看本质，老师在你们的真诚里看到了大家重情重义的一面！你们是多么真诚、可爱而又讨人喜爱呀！我又怎么会对你们有看法呢？

然后我转过身，在黑板上写下了六个字：求真、求正、求美。我又请同学们再思考一下，当我们不能让这三个词全部同时做到时，我们该怎么选择？

孩子都是天使，他们机灵而智慧！很快，他们做出了选择，如下所示：

求真（求正）＞求美

（但：求了真实与正直其实已经美了，只是这个美要用同样真诚正直的心灵去发现）

青川的孩子真美！遇见你们，真好！

2019 年 4 月 4 日，晴

清晨七点二十分，我准时攀爬在乔庄中学的那道坡上，晨光熹微中，我深吸，缓呼，悠悠地踏进学校的大门。

跨进 709 班，一股浓郁的奶香差点熏到我，原来孩子们一大早几乎人手一杯奶茶在喝，这个现象，其实早在前几天就已有所察觉，只是今早的状况似乎尤为"壮观"。我忍不住说话了："孩子们，奶茶真的好喝吗？"学生一脸茫然地抬头看我。"昨天我们在卖油翁身上看到了透过现象看本质的智慧，那么，聪明的你能思考一下这浓郁香味背后是什么吗？"孩子们更加好奇地望着我，但没有人举手。"我还常常看到你们中饭时间吃泡面，那么这泡面和奶茶可有相似之处？""它们是不是味道都很诱人，可营养却并不好？食堂的粥饭样子确实糟糕些，但掺杂的东西毕竟少，粮食的基本营养都在。你们想想，这和我们这个单元课文中的那些小人物有没有相似之处呢？""孩子们，千万别被表象的光鲜诱惑住，多多思考，去发现内里的实质，你才能够成为一个有头脑的人！再说这鲜香的奶茶和泡面糟蹋的何止是你们的身体，更是把你们的味觉都弄麻木了，知道吗？唯有清淡，才能保持真正的味觉敏感！而心灵也一样！所以我们要去善于发现小人物的美！"……一番"洗脑"后，我不知道孩子们能领会多少，都说援川要物质精神两不误，扶了贫，自然也要扶志、扶智，此番碎语权且当作我也在努力吧！

今天是我首次在乔中开课的日子。和孩子们一起早读完毕，我便回到办公室，再次确认今天开课的思路，实话讲，我今天要上的只是一节素颜课（一支粉笔一个脑子没有 PPT），只是顺着单元进度，上一节单元末的写作辅导课——抓住细节，大致的流程分为三个板块：一是对本单元课文做简单回顾，合上书想想哪些画面还留在脑海里。接着就几个学生说到的细节再回到课文，小组合作探讨课文是如何将这些细节写细的。其中需要特别引导的是关于人物的语言描写，非抓住特征与代表性不能写，着重以阿长和卖油翁的语言为例。二是结合班级近期阅读的《骆驼祥子》之第七、八章，来学会抓细节阅读，引导学生捕捉写天气冷的那段文字，出现了细节群的描摹，从而丰富学生对细节的概念，并引导至"抓住"细节不仅要会通过联想与想象来细描，更要先学会观察与捕捉，唯有一颗 open 的心，才能用各种感官去体验生活，捕捉细微，拥抱美好！三是完成板书，让学生当堂练笔：或进行课堂观察与捕捉描摹，或进行远足作文的细节修改。觉得基本流畅，也就假装自信满满地对自己说：就这么定了！

九点半，离上课还有五分钟，我早早地去了教室。不一会儿，来听课的老师陆续来了，一同进来的竟然还有赵校长和文书记，当然还有这边的语文名师张霞。我也顾不得那么多，走在自己的节奏里，学生也全情投入，课堂有序推进……最后我用几句话做了个简单小结："春在路旁野花香，暖在身边人物善，花绽枝头，开在心间。"取四句前头一个字就是"春暖花开"！祝愿孩子们能从此刻出发，用一颗审美的 open 的心去捕捉自然与生活的美好点滴！用一颗善于思考的心去把握自己美好的人生！

课后，张霞老师和一群女老师走到我身边来，说了许多肯定和赞美的话，其中七年级的语文备课组长李海燕老师竟然说："沈老师，您这样的课，够我学习一年的了！"捂脸！

2019 年 4 月 22 日，晴

清晨又开始爬坡，看着坡上的藤蔓碧翠碧翠了，却是清瘦清瘦的，站定细看，总觉得，比起湖州那种滴出水来的饱满的绿，这里的绿实在是清瘦清瘦的了。一转身，便忍不住想起自己来青川的这段时日，似乎也是清瘦清瘦的，每天都是简单地往返学校与宿舍之间，单纯地上课与吃饭……

那么，这日子的清瘦，只是清瘦吗？

我认识了这里的孩子，长得憨憨的，笑得傻傻的，眼神却清澈得如这青川的溪水，我带他们读诗、写诗、诵诗，诗意便徘徊在我们心间；我认识了这里的老师，每每校园里碰到，虽只是微笑或点头，却让你如沐春风，自然而美好；我认识了这里的草木，蔷薇、映山红、藤蔓……虽然它们只在路边瘦瘦地绿，瘦瘦地开着小花，却依然以最美的姿态拥抱春天……

今天七年级九班的班主任冯老师找我换课，说明天下午她要去"扶贫"，把下午第一节课给我上，然后换我星期五也是下午的第一节课。我很诧异：为什么要这么复杂呢？直接把我明天上午的课与她下午的课换一下不就得了吗？冯老师见我疑惑，竟然给出了一个更令我匪夷所思又温暖无比的答案：因为上午的课质量会好些，我若用下午的课换你上午的课，怕你觉得不好，才考虑用周五下午的课与你换！真是太细心！太温暖！冯老师个子小小的，年纪已近退休，烫着时髦的泡面头，然而眼神里的善良与纯真却温润如玉。我赶紧说：没关系，就上下午调好了，我不会介意的！这样舒心的调课真是头一回啊！

晚间，回至宿舍，含笑立刻说：沈老师，今天你不用来厨房啊！我去做韩式拌饭，做好了我叫你啊！这位美丽的姑娘，来青川后，已经从一个只会吃饭的孩子变成了爱下厨房的大师了。也许是因为青川的饮食我们真的不适应，也许是我太忙了，实在没空做饭，也许是她骨子里是爱厨房的，自第一次做了一顿凉拌面后，她就一发不可收拾地做出了各种美味：如蒜蓉香菇、番茄金针菇、蛋卷、香煎鸡胸肉、煎牛排等，今天又想到要做韩式拌饭给我吃，哦！天晓得，我原来是一个多么有口福的人啊！之前，我一直在想念家乡的鱼，家乡的各种美味，现在我正在"担心"：不久的将来，我会不会说，我想念在青川时含笑做的饭，她可是在那段清瘦的日子里好好地犒赏了我的胃呢！

青川的日子，清瘦也许是表面的，内在的饱满与温润却需要你用心去体察！

感谢！感恩！生命里遇到的这些美好的人儿！

2019 年 5 月 8 日，多云

清晨去上班，终于在山尖厚厚的云层背后发现了一缕暖光，柔柔的，却是有力量的。在公交车开过彩虹桥的那个瞬间，它几乎冲破了云层，把青川照亮了，照暖了，瞬间觉得这几日心头的雾霾也被驱散了，正如这路边的蔷薇，我的心也开出了早间的一曲晨唱，啦啦……

来到教室上早读，孩子们早已端坐着等我了。今天按预定计划是李同学和叶同学一起分享美文。她们俩一见我进教室，就紧张兮兮地望着我，叶同学因平日上课也难得举手，显得尤为拘谨，我投给她俩一个鼓励的微笑，并特意把眼神落向叶同学，向她竖起大拇指，聪明的姑娘立刻报我以微笑，然后我就示意她们上讲台。

李同学站定后，便落落大方地说：很高兴今天由我和叶同学来向大家推荐美文，我们推荐的文章是《未发芽的种子》，我们的分工是：叶同学为大家朗读文章，我则把文章的思维导图画在黑板上，再一起做心得分享。

随后李同学向叶同学点了一下头，便转过身开始画文章导图，叶同学则仍有点腼腆。我顺势又做了一个鼓掌的手势，同学们马上心领神会，一起用劲地给叶同学加油。终于，叶同学清了清嗓子，开始朗读了，她的声音细腻清亮，如清晨的一抹光、一缕风，悦耳动听。在她的朗读中，大家一点点走进文章：作者被一丛开得热闹的喇叭花吸引，而吸引作者的不仅是花开的热闹，还有作者忆起的一位古旧老友——与喇叭花有关的一段往事,作者曾经因喜爱喇叭花而得了一包喇叭花种子,一直想要在春天去种下它们,可后来不知怎么就被遗忘了,直到有一天,她的小女儿发现了这包过期已久的种子,在要把它扔掉的瞬间,作者突然有了一种揪心的痛,因为作者由这未发芽的种子联想到了那些被搁置的未发芽的梦想,然后警醒读者去反省去思索……

待叶同学读完,李同学的导图也画好了,然后她俩开始解说自己的美读发现,令人惊喜的是,她们将近期语文课上所学都用了上去:比"古旧老友"是一个悬念,如与喇叭花有关的往事是插叙,如文末由未发芽的种子联想到未发芽的梦想是主旨升华等,图示也简单清晰,解读也基本到位,更有意思的是,最后她们还给大家留下了余味:听我们的美文分享后,大家是不是也想起了自己那些未发芽的种子呢?虽未请同学起来回答,却是一石激起千层浪!待她们向大家鞠躬走下讲台,教室里立刻响起了热烈的掌声。

我本来也是要来这里种阅读种子的呀!可惜上次采用辩论的形式,并未能直接让大家同意利用午间十五分钟来阅读。不死心的我就只能迂回着以这样的方式,来让大家拓展阅读面,而且这样的美文分享还有一个直观的效果——同学们可以将课堂所学之阅读方法用于阅读,学以致用。

嘿嘿!未发芽的种子,只要不被遗忘和搁置,总会待到发芽抽穗的那一刻的!期待其他小组也能在今天这个好头的带领下,有更多精彩的呈现!

2019 年 6 月 17 日,阴

又是新的一周。早晨爬坡时,看着坡上的灌木已经翠里发青,我知道青川爬坡之日已经屈指可数了。

到了办公室,便把上个月就已经准备好的期末奖励和临别赠礼——十本名著、四十本小册子、三十张书签拿出来,打算写赠点语,聊表心意。

十本名著分别是《小王子》《安妮日记》《堂吉诃德》《雾都孤儿》《简·爱》《老人与海》《少年维特之烦恼》《傲慢与偏见》《汤姆叔叔的小屋》和《汤姆索亚历险记》,这是奖励本学期表现最突出、得五角星最多的 709 班的十位学生的,我的赠言是"悦读·悦美·悦己",期盼孩子们能在阅读中完成

沈泳垒老师赠书奖励表现突出的学生（沈永磊摄）

一个"享受阅读—发现美好—完善自己"的理想过程；四十本小册子是作为
第二层次的奖励，上面的留言是"开诗意之眼，享幸福人生"，也期盼孩子们
能通过这几个字回想起我们曾经相处的短暂而美好的三个月，并能一直一直开
启这双诗意之眼；三十张书签是三毛《刹那时光》的精美文字辅以美丽的
配图，也是有私心的选择：不长不短的三个月于我们的生命而言就是眨眼刹
那，可是这刹那能否在记忆深处永恒呢？就像三毛的文字写的那样："每想起
一次，天上飘落一粒沙，从此形成了撒哈拉"……

　　写好了留言，又觉得自己可笑：缘起缘落，一切都是淡然，记得的总是记得，
忘记了也就忘记了，我又何必刻意如此？然后我又对自己说：记得或忘记是后
话，至少我不想让现在的自己留遗憾！看着含笑也正在一旁绘赠给学生的小卡
片，瞬间又有了拥抱时间的热情！

　　是的，这是我的日子呀！我，总是想在人群中标注自己——我是不一样的
烟火！尽管我平凡如猪，但王小波说了，即使做猪也要做一只特立独行的猪；
尽管我平凡如猫，可是夏目漱石说了，就是一只猫也想做一只与众不同的猫的，

他在《我是猫》里写的那只没有名字的住在苦沙弥老师家里的猫，就是一只想在猫族中标榜自己，甚至想在人类中标榜猫族毫不逊色于人类的特立独行的有思想的猫。

是的，是特立独行的有思想的猫，不是有思想的特立独行的猫，这有什么区别呢？哈哈，区别就在于不能只从表象去看，有思想往往是看不见的，而猫正是这样一种灵异的动物。夏目漱石笔下的猫的有思想正是表现在它时时刻刻的臆想与神游。比如写它想捕老鼠，它会设想各种捕鼠的方案，并为究竟该采用哪种方案烦恼，本来这也是无可厚非的想法，可它会由此而神游至东乡将军的战争，并由此体会东乡将军带兵打仗之艰难，从设想的喜悦，又到设想的忧愁，那个心路历程堪比海上行船，起伏跌宕啊！待到真去捕鼠了，却又感慨鼠辈的精明和狡猾，正想放弃，却又遭到鼠辈的突袭，然后扭甩挣扎中打碎了厨房的碗盘，整个捕鼠未遂的过程就在主人的一声"小偷"中结束。

哈哈，这臆想，又怎能不让读者也神游呢？如果说在人类眼里，捕鼠是猫的天职，那么逐梦是不是人类探求活着意义的重要方式？如果是的，那么小说中的这个过程正是人类逐梦过程的生动写照：逐梦前貌似设想周全，其实是畏首畏尾；逐梦中貌似上窜下跳，忙得不亦乐乎，其实是没有经验和策略的瞎折腾，以至于最后反被鼠类反攻；逐梦后更是在旁人的一声"小偷"中莫名收尾，似乎还给自己找了一个绝好的台阶下了。这世间，多少逐梦人最后总在睡梦中被梦逐，大多是与这样的逐梦过程类似吧！真是好诙谐的写法，又入木三分地讽刺了现状！

我的思绪自然也是要绕回到自己的这次支教的，如果说，此次支教也使我成为一个逐梦者，我想我与这只猫的命运是很相似的，虽然貌似用三个月完成了整个逐梦的过程，但细细推敲揣摩，虽不至于被鼠类反攻，但从实效来讲，终也是有种隔靴搔痒之感。

唉，我的精心的礼物和赠言，大概也终是如窗外的月光一样，好似被莫名的云雾横切了一半似的，变得细长，好在光总还是在的。

（沈泳垒，女，湖州十二中教师）

南疆书（组诗）

李　浔

柯坪羊

太阳还可以再晚一点升上来

让羊吃饱　懒洋洋地看着远方的草

看着骑毛驴的大叔走向巴扎

还要看不太会下雨的天

这是一只羊幸福一天的开始

怪柳　像大婶手中的馕

一块一块　在空旷的日子里

喂饱了戈壁滩上永远是瘦小的路

在柯坪　羊总是在前面

绕走在红枣和杏子的左右

春天已经不在　在入冬的日子

羊晃动着油肥的屁股

寂寞时　就叫几声妈妈

白　杨

没路的时候，我靠在白杨树上

看小草散步，听玉米拔节

风让杨树叶和我说了那么多知心话

这声音，我要把它们放在枕头上

让夜多一点枕边风

让戈壁多一点人间的私语

没路的时候，我向白杨学习

张开手臂长几片叶子

看乌鸦围着我飞翔，看阳光流到我的脚底

看夜一点一点被远处的沙尘吞走

就是这株白杨，唯一的

当另外的树随着路走远的时候

一定有一个走累的人，会成为它的影子

阿克苏

那块多年不见人声的石头

风爱上了它的沉默

没读过唐诗的异域少女

头巾下的眼睛，远得连北风追不上她的踪迹

远处的鹰，看见风吹动了不会说话的耳朵

那个敞开衣襟的汉子

有着一根和他同样体温的马鞭

现在，一只蚂蚁爬在破损的鞋上

猜测我的来历

现在，有人背上一袋馕，上北京去看长城了
只有我坐在路边，看来路有趣地摆动着尾梢
远处有做梦的骆驼，也有成精的胡杨

蒲公英

你在这起伏的地头，看麦子长得整整齐齐
看阿不都拉的汗水和祈祷一起跪在田间

而你是个野孩子，已经长大了
那就走吧。这是一个伤心的场景
想要到别的地方去，仿佛
一个要私奔的姑娘。这季节
缭乱的想法，在所有的路上都有了脚印

你不认得路，一直在飞
在风中飞，有人看见了风
在阳光里飞，人们看见了会飞的阳光
谢谢，这足够了，你已经给了别人一个欣喜的场景

跟着叶尔羌河走

跟着河走，天在水里是如此细腻
你可试试在倒影里找到那粒闪光的沙子
乐此不疲，眯着眼，看沙子行走在河面
走亲戚的人都有一个细长的影子

遮脸的布，在风中流动，皱褶犹如河面的水波
跟着河走，前倾的肩和流水一样耸动
流水中的小抒情如一把英吉沙小刀
好看，竟然如此锋利
青山不改，绿水长流
后会有期的仍然是那粒水中的沙子
跟着河走，见到亲人，那粒沙可以做证
你的敲门声会溅起一万朵浪花

艾热提有一个院子

太阳藏起了艰辛的那个部分
你们都笑起来的时候，皱纹是开裂的馕
也像一张唱片，从头开始的节奏
很完整，有结尾，却没有他想听的那个部分

你看到的只是有月份的日子，在盖孜力克乡
八月，羊躲避在沙枣树下，有心思的男人
在喝酸奶，门前的路沿着白杨树走了
艾热提有一个被葡萄反复点亮的院子
动情的人呆坐在葡萄架下，无辜的人
出门赶集。门一直敞开着
路，像一根松散的鞋带

莫合烟

莫合烟被卷起来的样子

离委屈很远

它需要无名的火

点燃不必要的赞美

也许有人知道

他曾在盖孜力克乡

种过葡萄和红枣

在麦西来甫的琴声中

追着古丽跳舞

这种事爷爷和父亲都干过

现在他坐在懒洋洋的太阳下

两个拇指熟练地

卷着莫合烟

他吸烟的样子

总让你闻到不会老的辛辣

（李浔，湖州新闻传媒中心主任记者。中国作协会员、湖州市作协副主席。浙江第八批援疆人才，被新疆自治区党委、政府评为全国优秀援疆人才，记三等功，荣获浙江省援疆系统优秀党务工作者、优秀党员和省优秀援疆人才称号）

印象柯坪（外一首）

江南潜夫

写到江南，就起风了
写到竹乡，就下雨了

写到新疆，所有的风
全都成了我梦中的呼吸

写到柯坪，所有的雨
全都成了我激动的泪滴

一写十万八千里
你将异乡当故乡

再写就是五千年
我用江南换新疆

真的后悔来新疆

到了新疆

我把心儿丢了

到了阿克苏

我把魂儿丢了

到了柯坪

我放下了矜持和高傲

到了盖孜力克

我干脆脱去了所有伪装的外衣

我真的后悔来新疆

此时此刻，我本该在江南漫数风月

可是这块土地已经让我爱得一丝不挂

这叫我如何回得了浙江

（江南潜夫，原名严明卯，中国作协会员，湖州市作协副主席）

白杨颂

俞玉梁

向上向上，好像比赛似的
这一味挺拔上进的姿态
和南方的楠竹颇有些相似
但是，连竹子都还解得婆娑枝叶
左右对称着向上交错茸茸晴绿
而你们，如果不是为了光合作用
似乎真要省略这纷披的枝叶
就像治水的大禹
舍弃多余的考虑和犹豫
抓起一把馒头，三过家门而不入
轻装，毅然向更高的海拔奔去
青青的肌肤，少女般滑嫩
还薄薄搽了层霜粉，碧绿青春

想起来了，别名"钻天杨"
真正穿天似的，向着阳光
一心一念，风风火火地
一心要让自己迅速成长
团聚紧，立正！

腰板挺直，雕塑笔挺，挺拔雄姿

好啊，向上向上，天天向上

这成长的趋势

简直是要长成桅杆的气势

风浪里低昂起伏的主心骨

或坚守阵地永不会稍息的旗杆

摇曳沙漠里又一方绿洲的旗帜

（俞玉梁，浙江省作协会员，湖州市作协原副秘书长）

四川行吟（组诗）

吴 艺

车窗外的梅雨镇

客车一闪而过
在大凉山区
这样的集镇都依山而建
山坡上的玉米早已收割
剩下枯萎的秸秆
像坐在门口发呆的老人
灰白的房屋唤醒模糊的记忆
一切都是旧的
被飞速甩在了车后
还有公路两边的行人
如山上滚下的石头

经过这样寻常的地方
只因为它的名字出现在了
前方的路牌上，我隔着车窗
内心瞬间陷于南方的黏稠

木里时光

首先是玛尼堆
风吹过一次经幡
就是一次诵经与祈福

山涧中的河流深不可测
风物志中的土司
风云易散也让人追寻

只有三条街的木里县城
与大山保持一样的姿势
有人一辈子翻山越岭
高山之处的海子，晦朔不定的
森林，是无法描述的时间

早晨站在县城的平坦之地
山那边的光芒正一点点地
亮起来，太阳蓬勃而出
好像玫瑰的芬芳飘荡起来

苹果园

一粒粒挂在枝头的甜蜜
这样的嘴形
苹果园里唱响的歌剧
晚霞一样的红晕
是想说而不能说的那些

也近乎一种仪式
就要日落，高原
离群星璀璨的那刻
连空气都贮满了糖分
从花朵开始
诺言就压弯了枝头

歌剧的嘹亮
在余晖满园中
把自己交给了尘世

逗留广安

我很早就醒了，内心
像一座空城。连绵起伏的
群山，遮挡住朝阳
这沉睡的巨兽
只活在四季轮回中

而现在是深秋
很快就要霜白的早晨
我在川东丘陵地带
留下足迹，也留下怀念

想着昨晚的公务宴请
在柠檬水相碰的
礼貌与分寸中
也聊起诗歌

一本正经的样子
像一袋青花椒中
混进一粒红花椒

乔庄河边与诸友散步

在乔庄河边散步
夜色被流水拉开一道缝隙
装进满天的星子
我们的笑声随波冲出大山

今天立冬，山风棉里藏针
但青川县城每一扇亮灯的窗
注视的眼神，温暖而柔和
山城的胸襟，是你来了就不想离开
包括我们，对面走来的陌生人
每经过一只路灯
就明亮一次。四川方言与
麻辣味，清澈的感觉是一样的

我们用手机拍摄夜色中的樱花树
稀疏的枝头在路灯照射下
呈现在镜头里的，玛瑙色泽般的树叶
像一个时代的宣言

（吴艺，中国作协会员，湖州市作协副秘书长兼诗歌创委会副主任）

后 记

　　为了庆祝中国共产党建党一百周年，也为了庆祝我国脱贫攻坚取得全面胜利，湖州市文学艺术界联合会和湖州市人民政府区域合作交流办公室决定合作出版一部以"扶贫协作、对口帮扶"为题材的文学作品集《扶贫路上》，用报告文学、散文、诗歌等文学形式，形象生动地宣传我党以人民为中心，打赢脱贫攻坚战、全面建设小康社会的伟大工程，反映湖州市响应党的号召，开展东西部扶贫协作、对口支援、对口合作和山海协作工作的辉煌成就，以及广大援派挂职干部人才远离家乡和亲人，助力对口地区群众脱贫致富奔小康的无私奉献精神和先进典型事迹。

　　编入本书的作品有二十四篇报告文学、散文和两组日记、四组诗歌，主要来自以下三个方面：一是湖州文学院组织作者一对一采访湖州荣获全国脱贫攻坚先进集体和先进个人称号的单位和个人后创作的作品；二是湖州市文联2016年8月组织作家赴新疆阿克苏地区柯坪县采风创作的作品，2020年11月组织作家赴四川木里、广安、青川和青海乌兰县开展"共画同心圆，携手奔小康"采风活动后创作的作品；三是湖州文学院组织专家从市文联、市区域合作办联合开展的"征集我市扶贫协作和对口帮扶工作文学艺术作品"活动中收到的六十五件作品中精选出来的十八件作品。全书由湖州市作协副主席兼秘书长、湖州文学院院长沈文泉负责编辑。

我们用这些作品向中国共产党的百年华诞献礼！向曾经战斗和正战斗在扶贫战线上的全体援派挂职干部人才致敬！

　　感谢所有为本书的策划、编写和出版做出贡献的领导和作者！

　　由于时间紧，任务重，本书难免存在不尽如人意的地方，敬请广大读者海涵和批评指正。

编者

2021 年 5 月 8 日